ウサギの天使が呼んでいる

青柳碧人

上司とのトラブルで会社を辞めた深町さくら。彼女は再就職をするまで，兄・ユリオの家に転がり込み，ショッピングサイト《ほしがり堂》を経営する彼の仕事を手伝うことに。節操なく色々なモノをほしがり，方々から集めたガラクタ（お宝）をほしい人に売るユリオ。そんな彼がほしがるモノをゲットしに行くと，なぜか決まって事件に巻き込まれてしまう！　身元不明のゾンビの死体の謎，ゴミ屋敷に隠された秘密など，ほしがりの兄と苦労人の妹がお宝をめぐる数々の事件に挑む。〈浜村渚の計算ノート〉シリーズの著者が描くポップな連作ミステリ。

ウサギの天使が呼んでいる

ほしがり探偵ユリオ

青　柳　碧　人

創元推理文庫

ANGEL BUNNY TOLD ME

by

Aito Aoyagi

2017

目次

ウサギの天使が呼んでいる

ほしがり探偵ユリオ

誰のゾンビ？

1

「うー……。うー……。あ……」

気味の悪いうめき声がそこらじゅうで聞こえる。

「ううー……。ううあー……」

照明はキャンドル形のライトが数本だけ。薄暗いメインホールには革張りのソファーが並び、クッションには狼男や半魚人、ミイラ男がかなりリアルに描かれている。棚にはオーナーがかき集めてきた怪奇グッズコレクション。黒く塗られた窓の近くに並べられているスツールは、洋風の墓石の形をしている。

「うー……。ううー……」

相変わらずだ。滝本亜弥《たきもとあや》はゾンビ客たちのゆらゆらとした動きを見ながら思った。

この《スーザンズ・ヘル》は、亜弥が十八歳のときに姉とともに上京してから、三年間アルバイトをさせてもらってきた店だ。オーナーの口利きで芸能事務所への所属が決まり、仕事がポツポツ入るようになってきてアルバイトをやめたのは半年前。その後もちょくちょく顔を出している。

オーナーの裏柳《うらやなぎ》さんは怪奇グッズ集めが趣味。おのずと客もホラーファンが多い。今日は毎年恒例のゾンビパーティー「ナイト・オブ・ザ・デッド・リビング」の日で、客はみなゾンビのコスプレをする。従業員も全員ゾンビメイクをしており、店内はゾンビだらけだった。

何人かは亜弥も顔見知りの客だけど、数人は知り合いの伝手《つて》で来た新顔のようだ。……薄暗いしゾンビなので、顔はほとんどわからないけれど。

部屋の隅の墓石スツールに腰かけ、さっきからずっとうつむいている彼は誰だろう。もう一時間か、ひょっとしたら二時間くらいあのままじゃないだろうか。髪の毛は砂浜に打ち上げられた海藻を思わせるほどぼさぼさ、服もボロボロでかなり気合が入っている。ここ半年で常連客になった人だろうか。

「ひっ!」

不意に、頰に冷たいものが当てられ、亜弥は小さく叫んだ。振り返ると、青く塗った顔に黒いマスクを装着した女性ゾンビが、ソルティードッグのグラスを差し出して笑っていた。目にも瞳孔が小さく見えるコンタクトレンズを装着して、かなり本格的にゾンビだった。亜弥の隣の空《あ》いているスペースに座り込んできた。

「ごめんね遅くなって」

「リンさん?」

「撮影でトラブルがあって、今来たの」

そのゾンビは小声で返してきた。腕時計を見ると、七時三十分。もうこんな時間か。

「二時間半も伸びたんですか」

「ちょっと二人とも」

今度は、赤いテンガロンハットをかぶった女ゾンビが二人の間に顔を割り込ませる。お腹の大きくあいたセクシーな衣装。顔も腕もウェストも太ももも、死人のように青く塗ってところどころに傷メイクがしてある。亜弥の姉にして、目下この店の従業員頭《がしら》、滝本茜《あかね》だった。先日まで付き合っていた彼氏と別れ、最近は裏柳さんといい感じだ。そのうち結婚するんじゃないかと思っている。

「ゾンビなんだから喋っちゃダメ」

亜弥はリンさんから受け取ったソルティードッグを一口飲み、「あー……、ううー……」とうめき声で返事をした。

「ううー。うー……」

リンさんもかなり気合の入ったゾンビうめきを披露《ひろう》する。

「あー……かー……ねー……」

離れた席で、常連客の小川《おがわ》さんが手を挙げた。うめき声で従業員を呼ぶのも「ナイト・オブ・ザ・デッド・リビング」の恒例だった。まったく相変わらずだ。女優として働き始めて日々身の回りが目まぐるしくなっていくけれど、こうして帰る場所が東京にあるのはうれしい。

ソルティードッグを一口飲んで、ふと気になった。

さっきの、海藻頭のゾンビが、顔を上げてこちらを見ている。あの目……。どこかで……。

しかし、かなり精巧な傷メイクをしており、さらに顎のあたりには大きな瘤《こぶ》までつけている。

誰だかわからない。

するとそのゾンビはゆるゆると立ち始めた。そのままゆらゆらと揺れながら、亜弥たちのほうへ近づいてきた。亜弥は蛇に睨《にら》まれた蛙のように動けない。ゾンビはローテーブルを回り込み、リンさんの顔へ手を伸ばしてくる。

「え、なに?」

亜弥が思わずそう言った次の瞬間、ゾンビが無言のまま、リンさんの首に手をかけた。

「やめて!」

リンさんはもがいた。亜弥は目の前で起こっていることの意味がわからない。余興? だけど、この店に初めて来るリンさんが、いつこんな仕掛け人を用意できたというのだろう。

ソルティードッグのグラスが倒れ、砕け散った。ぼさぼさゾンビはリンさんの首を絞める手に力を入れている。

ひょっとして、この人、リンさんのストーカーじゃ……。リンさん、ここのところ、狙われているって言ってたし。

「何をしてるの!」

茜が飛んできた。

ゾンビはようやくリンさんの首から手を離した。そして、今までの動きからは想像できないほど機敏に、リンさんから離れていった。

首絞めゾンビはよたよたと店の奥のドアへと進んでいき、ノブをつかんだ。あのドアの向こうは、階下の倉庫へと続く階段だ。

「大丈夫ですか？」

隣でリンさんが咳き込む声がする。マスクを取って下を向いていた。

亜弥がリンさんの肩に手を置いたそのとき、ものすごい音がした。

「落ちたっ！」

茜の鬼気迫る声。

「吉村《よしむら》、電気！」

階段の電気がついた。ゾンビ客たちが群がって見守る中、茜が倉庫へと降りていったようだった。そのまま、恐ろしいほどの静寂が店内を支配した。

茜が上がってきたのは、それから一分ほどしてからのことだった。

キャンドルのライトに照らされ、テンガロンハットの下のゾンビ顔は色を失っている。

「誰か、救急車を呼んで。あのゾンビ、動かなくなっちゃった」

2

予想に反して山手《やまて》通りはそんなに混んでいない。でも出るのが遅れたので、約束の八時を五分ほど過ぎそうだ。深町《ふかまち》さくらはハンドルを操作しながら、次の次を曲がるんだな、と考えていた。カーナビのついていないこの軽トラにも結構慣れてきた。

「楽しみだなあー」

助手席でユリオがはしゃいでいる。

「あれは今まで見てきた中でも特に珍しい色なんだよ。さくら、お前も見たら絶対に気に入るよ」

もう何百回目だ……。

「あのね、私がドラキュラの棺桶《かんおけ》を気に入ることなんか一生ないからね」

「普通ドラキュラの棺桶って言ったら、黒を想像するだろ？　だけどこれがね、青みがかっていてさ、神々しき光沢を持っていてさ、中なんか、黄色の布がしっかり縫い付けられてる。あれ、手縫いなんじゃないか。寝心地良さそうだな」

本当にその棺桶の中で寝起きするつもりらしい。さくらはまた、その神経についていけないものを感じていた。

さくらは今年、二十四歳になる。

大学を卒業して一度は大手家電メーカーの企画部に就職したものの、入社早々上司にいびられはじめた。というのも、上司の一人が新入女子社員にセクハラをしてくるのだった。子どもの頃から負けん気が強く、周りからはときに頑固とも言われるくらい正義感が強いところのあるさくらはそれに食ってかかり、目をつけられてしまったのだ。嫌がらせはどんどんあからさまになっていき、半年で退社した。

千葉の実家に帰ろうかと一度は考えたものの、もう一度東京で頑張ってみたいと家族に相談した。すると反対されるどころか、父には「ユリオのところに居候《いそうろう》すれば」と言われ、三つ上の姉には「ユリオの面倒を見てあげて」とまで言われてしまった。

深町百合夫《ゆりお》。さくらの六歳上で、三十歳。仕事はフリーライターをしている。子どもの頃から変わった兄だということは認識していたけれど、落合《おちあい》にある彼のマンションを訪ねてみて、さくらは愕然《がくぜん》としてしまった。

叔母名義の1LDKのマンションの部屋は、ガラクタでいっぱいだったのである。

まず目に入ってくるのはボウリング場の巨大ピンの看板。それに、戦闘機のプロペラや縁日で見かける綿あめの機械など。棚にはアメコミのフィギュアが並んでいるかと思えば、百本はあろうかという外国のビールの瓶。江戸時代のものらしき古い木箱の上にはアンティークのオルゴール。どこかの研究室で使われていたというトカゲの標本。中国の硯《すずり》。表紙の破れた古い本。ホーローの看板。ミルク壺。腹話術の人形……足の踏み場どころか、卵の置き場もないくらいの混雑ぶりだった。

「今日からお前、上のベッドな」

ユリオはヘラヘラ笑いながら二段ベッドを指さした。はしごを登って、さくらは息を飲んだ。その枕元には、動くかどうかもわからない目覚まし時計が、ざっと二十個ほど置かれていた。

……こんなところに寝るの、絶対無理！　という気持ちは、家賃タダの魅力の前に崩れた。とにかく再就職をして独り立ちできるまでの我慢と、さくらはこの兄とガラクタとの同居を決意した。

さてこのユリオ、フリーライターの他にもう一つ「仕事」がある。方々から集めたこのガラクタたちを、ほしがっている人たちに適切な値段で売ることだ。一応「古物商許可証」なるものも取得しているらしく、《ほしがり堂》というサイトも開設している。……だけど、買い手がつかないガラクタは部屋にあふれかえっており、他にトランクルームも二つ借りているのに、次々とモノをほしがっては部屋に置いていく。むしろ、お金にならないモノ集めのほうが好きなんじゃないかとさえ思わせる。

さらに、ユリオにはこの仕事に関して、致命的な欠点が一つあった。自動車の運転免許を持っていないのだ。なんでも教習所に通っているときに担当教官と大げんかをして飛び出し、絶対に免許を取らないと心に決めたのだそうだ。そういうことからこれまでは大きな荷物は送ってもらうか、ほしいと思ってもあきらめるかしていたらしいのだけど、さくらとの同居が決まってからどこかから一台、軽トラを調達してきた。

さくらはといえば、運転は苦手どころか得意なほうで、大学時代の旅行ではいつも運転手役を引き受けるほどだった。

「今日からお前、運転手な」

ユリオの一言で、アルバイトの傍ら、運転手として兄のガラクタ集めの手伝いをするようになってしまった。まったく興味のないモノの取引に関わらされるのは気が進まないけれど、これもまた居候の運命なのだった。

――そして今日の行き先は、渋谷《しぶや》にある怪奇居酒屋《スーザンズ・ヘル》。ユリオがここ二年ほどお世話になっている裏柳さんという人がオーナーを務めている。取引物品は、「ドラキュラの棺桶」で、ユリオが一年前から口説《くど》き続けてようやく売ることを決意させたものだという。

「ゾンビ居酒屋なのに、なんでドラキュラの棺桶なんか置いてあるの？」

角を左折しながら、さくらは訊ねた。

「ゾンビ居酒屋じゃなくて、怪奇居酒屋だって」

「でも今日、ゾンビパーティーしてるんでしょ？　なんとか、デッド、なんとか」

「お前、このセンスのいいパーティー名が覚えられないのか」

ユリオは胸ポケットからチラシを引き出し、ひらひらと振る。「ナイト・オブ・ザ・デッド・リビング」。覚えられない。

「ゾンビはな、もともとはハイチのブードゥー教っていう土俗宗教の産物なんだ。司祭に蘇らされた『生きている死体』だが本来は人を襲ったりしない。自らの意思を持たずに、司祭に操られて家事などをこなすんだよ」

「へぇー、召使いね」

適当に流す。あと少しというところで赤信号に引っかかった。

「そうだ。死んだ人間を召使いにしたもの。それがゾンビ。ところがこのイメージをガラリと変えた男がいた。映画監督、ジョージ・A・ロメロだよ。彼が一九六八年に作った映画の中で、初めてゾンビは人を襲い、襲われた人間もゾンビになるというシステムが取られた。これ以降、ゾンビ＝人を襲う死体というイメージが世に広まり、定着していった。ゆえに、ロメロ監督は〝ゾンビ映画の父〟なんて呼ばれているんだ」

「ふーん」

「ふーん、じゃないんだよ。その一九六八年の映画のタイトルこそ、『ナイト・オブ・ザ・リビング・デッド』っていうんだよ。このパーティーの名前は、それをもじってるわけなんだな。生きている死人、リビング・デッド。死んだ人間たちのリビング、デッド・リビング。なかなかしゃれてる」

ひひひと笑う。本当にこの兄は、料理も洗濯も掃除も、生活面は何一つできないくせに、こういう知識だけは豊富にある。

青になって、発進。

「お、看板が出てる」

少し行くとコウモリの形をした「Susan's Hell　左折二十メートル」という看板がみつかった。時刻は八時二分。ぴったり着いたと言っていいだろう。さくらはハンドルを左に切った。

「あれ？」

二階建ての建物だ。窓は黒く塗りつぶされ、壁は吸血鬼や半魚人、ミイラ男の人形で装飾されている。店舗は二階部分らしく、一階は倉庫になっているとのことだった。

店の周りに、救急車とパトカーが一台ずつ、黒塗りの車が一台止められている。救急車のランプは回転したままで、ただならぬ雰囲気が漂《ただよ》っていた。

「どうしたんだろ」

軽トラを少し離れたところに停め、兄妹《きょうだい》は降りた。

店の出入り口は外階段を使って登ったところにあるようだ。その外階段から見て建物のちょうど裏側は路地に面しており、一階の倉庫部分に入るドアがある。警察官らしき人たちがうろうろしていた。

「ウラさん」

その中の一人に、ユリオは声をかけた。

「ユリオ」

警察の人に何かを話していた人がこちらを見る。ネルシャツにジーンズという姿の四十代くらいの男性が立っていた。体は細いが筋肉質であることがわかる。この人が裏柳さんか。

「何かあったの」

「いや……ちょっと、刑事さん。知り合いが来たんで、上に通してもいいですか?」

五十手前くらいに見える眉毛の太い刑事はこちらを怪訝《けげん》そうに見ていたが、「もう少し」という素振りを見せた。

「ユリオ、ちょっと事故が起きちまってな」

「事故?」

「ああ、ちょっと先に店に上がって待っててくれ、こっちが終わったら俺も上がるから」

3

《スーザンズ・ヘル》の店内は、それはそれは不気味なものだった。墓石やら怪物の首やら、気味の悪いものがそこらじゅうに置いてあり、客の全員と、裏柳さん以外の従業員はゾンビメイクをしている。

「すみません。今日、ちょっと事情で閉店です」

さくらとユリオが入っていくと、カウンターの内側にいる、テンガロンハットをかぶった女性ゾンビ店員が言った。胸の名札には「アカネ」と書かれている。

「ああ、俺らウラさんの知り合いで、今日、ドラキュラの棺桶を引き取りに……」

「ああ、聞いてます」

「何かあったんですか？」

「いや実は……」

アカネさんは言いにくそうに目を伏せた。お腹の部分がずいぶんあいた、セクシーな衣装を着ている。

「死人が出ちゃって」

——さくらとユリオが到着する三十分ほど前のこと。

このメインホールではゾンビパーティー「ナイト・オブ・ザ・デッド・リビング」がしめやかに（？）行われていた。すると突然、一人のゾンビ客が立ち上がり、来店したばかりの女性ゾンビ客の首を絞めはじめた。アカネさんがやめさせようと近づくと、首絞めゾンビは階段へと逃げたが、直後に階段を踏み外して転げ落ちた。別の従業員が降りて確認してみると息がなく、救急車を呼んだのだという。

すぐさま救急隊員が駆け付けたが、もう手遅れだった。

「それはそれは……」

何を言っていいのかわからない。ゾンビパーティーで死人なんて、この上ないブラックジョークだ。

「いや、悪い悪い」

出入り口のほうで声がして、裏柳さんが入ってきた。

「ウラさん、災難でしたね」

「おお、ユリオ……言いにくいんだがな、あの棺桶」

「え？」

「引き渡せなくなりそうだ」

首絞めゾンビが転げ落ちたその先には、買い取るはずのドラキュラの棺桶が蓋を外された状態で置かれていた。首絞めゾンビはその中に転げ落ち、あろうことか棺桶の縁に頭をぶつけ、その衝撃で死んでしまったのだという。

救急車を呼んだ吉村という男性アルバイトは、同時に一一〇番にも通報をしていた。それで結局、血のついた棺桶は警察の管理下に置かれることになってしまったのだ。

ユリオにとって、これほどの悲劇はなかった。

「ウラさん、なんで、階段から落ちてきたゾンビが転がり込みそうなところに置いといたんだよー」

「階段からゾンビが転がり込むことなんか想定してねえよ。あそこに置いといたら、運び出しやすいだろ」

店から倉庫に降りる階段は、路地に面した出入り口に近い位置にある。すぐに運び出しやすいように、階段のすぐ下に棺桶を移動させたということなのだそうだ。

「ユリオ。しょうがないよ、邪魔になるから帰ろう」

さくらは慰めるように、ユリオの肩に手を置いた。正直、さくらとしては煩《わずら》わしい仕事が減ってホッとしている。

「いや」

ユリオは背筋を伸ばし、さくらの手を振り払った。

「このまま帰るわけにはいかん。ウラさん、倉庫の中の他のモノ、見せてもらいますね」

そのまま立ち、倉庫へ降りる階段へと向かっていく。ドアを開けるなり、「お前、何してるんだ！」とさっきの刑事の怒鳴り声がした。さくらは慌てて兄のほうへ飛んでいき、その襟首を掴んだ。

「ユリオ、事故現場、事故現場」

「俺にとっちゃ、お宝の眠る山なんだよ」

子どものように手足をバタバタさせる。ゾンビたちが物珍しげにこちらを見ているのがわかる。本当に、恥ずかしい。

「しょうがない」

裏柳さんが言った。

「ユリオ、店の中のモノ、一つだけ売ってやる」

「え？」

ユリオはぴたりと止まった。

「いいんですか。だって店に出してるのは、ウラさんの中での一軍でしょ？」

「ああ、まあそうだが、たまには入れ替えも必要だろ、他に取っておきもあるし」

「まじすか。やったねー」

ユリオは飛び上がり、「どいたどいた」とゾンビたちをかき分け、コレクション棚のほうへと向かっていった。

4

「うひゃー、ボリス・カーロフ！」

歓喜の声。ゾンビたちに囲まれてソファーに座るユリオの目の前には、裏柳さんがどこかから持ってきた、ごついフランケンシュタインの首が置いてある。

「どうしたんですか、これ」

「お客の美大生が、作って持ってきてくれたんだよ」

「ってことは、一点ものですか」

「そうだな」

「うわあ、ほしい……いくらですか」

うんざりだ、とさくらは思った。あんなものを持ち帰って、どこに置くというのだろう。

「五万円」

「高《た》けぇー。一万円くらいかと思ってた」

ユリオは笑い、「一万二千円！」と手を合わせた。裏柳さんは首を振る。この値段交渉の時間が、ユリオにとっての何よりの楽しみなのだった。さくらには到底理解できない。

「変わったお兄さんね」

カウンターの向こうから、さっきのテンガロンハットの女性ゾンビ店員、アカネさんがさくらに話しかけてきた。

「ええまあ。でも、この店もずいぶん変わってると思うけど」

答えると、アカネさんは笑いはじめた。ゾンビメイクのおかげで年齢不詳だけれど、声と態度からして、さくらより少しだけ年上だろう。

「そうかもねー。吉村、コーラ」

「はい」

細身の男性ゾンビ店員が、冷蔵ケースの中からコーラを取りだす。アカネさんはそれを氷入りのグラスとともにさくらの前に置いた。

「はいこれサービス」

「あ、どうも」

さくらは遠慮なくいただくことにした。

「それにしてもみんな、あっけらかんとしていますね」

一口飲んでから、話しかけた。

「普通、パーティー中に死亡事故が起こったら、もっとそわそわしませんか。しかも、身元不明なんでしょう？」

　階段から転げ落ちたという男性は、この中の誰の知り合いでもなかったのだ。しかも身分証も持っておらず、正真正銘の身元不明なのだそうだ。さくらには関係ないけれど、ゾンビの格好で死んだということと相まって、不気味な話だ。

「身元不明って言っても、まあ、正直、見当はついてるけど」

　アカネさんはそう言うと、ソファーのほうを向いて、「リン、亜弥」と声をかけた。二人の女性ゾンビが立ち上がり、こちらへやってきた。

「こちら、あのほしがりさんの妹さん」

　あまり気持ちの良くない紹介だったけれど、さくらは二人に頭を下げる。

「こっちは高田《たかだ》リンさん、こっちが私の妹の亜弥。二人とも女優なの」

「女優？」

　リンさんのほうはテレビにもちょくちょく出ている女優さんだそうだ。亜弥さんのほうはまだ駆け出しで、リンさんと共にネット配信のドラマにチョイ役で出ているらしい。

　そして、死体の正体はリンさんのストーカーじゃないかということだった。

「そうなの。私、すっごいつきまとわれてるんだよね」

　ストーカーの話になると、リンさんは急にしゃべり出した。

「このあいだもマンションの前まで来られて……。顔は確認できなかったんだけどね」

「しかもリンさん、ストーカーって一人じゃないんでしょ？」

アカネさんが二人のためのジュースをグラスに注ぎながら訊く。

「そうそう。私が数えているだけでも、三人はいる」

ネット配信ドラマとはいえ、熱狂的なファンがついているらしい。その一部がストーカーになってしまったのだ。その中の一人が、リンさんがこの店に出入りしていることをつきとめ、ゾンビパーティーのことも知り、紛れ込んでいたのではないか。アカネさんとリンさんの意見は一致しているようで、二人はひとしきりその話をしていた。

だけどさくらから見て、亜弥という駆け出し女優の彼女だけは温度差があるようだった。どうも元気がない。

「えー、みなさん」

出入り口のほうから手を叩く音がして、刑事が二人、入ってきた。一人は、さっきの眉毛の太い刑事だった。

「遅くまでお引止めして申し訳ないのですが、もう少しご協力を」

「ちょっと三浦《みうら》さん、あの死体はストーカーだって言ってるでしょ」

リンさんが責任者らしい刑事に近づいていく。三浦という名前らしい。今日会ったばかりの刑事を名前で呼ぶなんて、なんて気の強い性格をしているんだろう。……ストーカーくらい、自分で撃退できそうだけれど。しかも今日は、ゾンビなのだ。

気性の強さに加え、瞳孔の小さく見える恐怖コンタクトレンズをしているので、三浦刑事もたじろいだようだが、「それはそれとして」と言い足した。

「大変不審なことがあるのです。階下の倉庫で亡くなった身元不明の男性ですが、四十代半ばであろうとのことでした」

「四十代半ば！　私のことつけ回していたの、そいつじゃない？　何が不審なの」

リンさんの疑問を遮《さえぎ》るように、三浦刑事は声を大きくした。

「先ほど病院のほうから連絡があり、正式に、死亡推定時刻が割り出されたのです。死体は肩や肘に死後硬直が見られました。これから判断するに、死亡したのは午後四時から五時半の間であろう、ということでした」

ゾンビたちの間から、ざわめきが漏れた。四時から五時半の間……？

「つまり、彼がこちらの高田さんの首を絞め、その直後にそこの階段を転げ落ちたという七時半にはすでに、こと切れていたことになります」

「それって」

誰かが言った。

「リアルにゾンビってことだろ」

ええ、おお……と、またざわめくゾンビたち。

「リアルゾンビだ」「ホントにゾンビがこの店に」「ゾンビ万歳」

さすが怪奇居酒屋の常連客たち。この状況をすぐに受け入れたようだ。さくらは逆に、突然のオカルトめいた展開に、背筋が寒くなった。本当にゾンビが現れ、そしてまた死んだというの？

「ちょっと待ちなさい」

三浦刑事は一喝する。水を打ったように鎮《しず》まるゾンビたち。

「ここにいる全員が、口裏を合わせている可能性がある」

何を言われているのか、というようにゾンビたちはお互いの顔を見合う。

「あなた方全員が、何らかの理由で通報を遅らせたか、あるいは死体の死亡時刻をごまかそうと企んでいるということですよ」

「そんなわけはない！」

「しかしそういう解釈しか成立しない」

「いや刑事さん、この『ナイト・オブ・ザ・デッド・リビング』というイベントが、この店の雰囲気が、本物のゾンビを呼び寄せたんですよ」

「そうだ、ゾンビは友を呼ぶ」

「そんなバカなことがあるか！」

三浦刑事は怒鳴りつける。だが、ゾンビたちの攻勢は揺るがない。全員が立ち上がり、ゆらゆらと三浦刑事に近寄っていく。

「わあ、わあ、来るなっ」

哀れな刑事は、ゾンビの餌食《えじき》になりそうだった。さながら、何かの映画のワンシーンのようだ。

「待ちたまえ、ゾンビ諸兄！」

場違いなセリフが遮る。ゾンビたちが振り返る視線の先には、先ほどのフランケンシュタインの首を小脇に、右手を挙げている細身の男の姿があった。……ユリオだ。

「三浦刑事、俺はその時間、このパーティーにはいなかった第三者です」

「あ、ああ……」

「ゆえにこの事件を色眼鏡なしで見ることができる。あの男の正体と、リアルゾンビとしか思えない状況。男・深町百合夫、この謎を解決して見せましょう」

そしてフランケンシュタインの首を高々と掲げた。

「ボリス・カーロフの名に懸けて」

いや、あんた、その人に縁もゆかりもないでしょ。それより、帰りが遅くなる。止めよう。

さくらは腰を浮かせた。

「その代わり」

ユリオは汗びっしょりの三浦刑事に、人差し指を突きつけた。

「謎が解決を見たら、ドラキュラの棺《ひつぎ》の件、考えてください」

……まだあきらめてなかったのか。

こほん。三浦刑事は咳払いをした。

「とにかく今からみなさんには一人ずつ、遺体の写真をもう一度、メイクを取った状態で確認していただく。そして念のため、四時から五時半のあいだ、どこで何をしていたかを聞かせてください」

ユリオは黙殺されたようだった。

5

三浦刑事はその後、厨房《ちゅうぼう》奥の事務所スペースを借り、ゾンビ客を一人ずつ呼んで事情聴取をはじめた。現場には規制テープが張られ、店内にも見張りの警官が立っていたが、三浦刑事に呼ばれて離れていった。そのとき三浦刑事は「誰も入らないように」と釘を刺したのだが……ユリオがそれを聞くはずもなかった。

彼はこっそり倉庫階段のドアのところに張られた規制テープをくぐり抜け、勝手に入っていった。捜査のつもりか、それとも怪奇グッズを物色しにいったのか。……たぶん半々だろう。なぜか、アカネさん・亜弥さんの姉妹もそれに協力している。

店内のソファーは相も変わらず足止めされたゾンビたちで溢れかえっており、リンさんが一人でぷんすか怒っていた。

カウンターの向こうにはオーナーの裏柳さんと、バイトゾンビの吉村くん。さくらはコーラ(二本目以降は自腹)を飲みつつ、小学生の頃のことを思い出していた。

「ユリオのやつ、勝手にあんなことやって大丈夫なのかねえ」

裏柳さんはグラスを拭《ふ》きながら首を振った。

「そんな探偵の真似事みたいなこと、あいつ、できないだろ、ねえ」

「いや」

裏柳さんと吉村くんが同時にさくらのほうを見た。

「どうしたの？　身内は知るってやつ？」

「ええ、まあ」

さくらは話し始める。

「実は小学生の頃なんですけれど、校庭のうさぎ小屋のうさぎの毛が刈られていたことがあって……」

その疑いをかけられたのが、当時持ち回り飼育当番だったさくらともう一人のクラスメイトだった。そんな残酷なことをするはずはないと言い張ったさくらだったが、もう一人の飼育当番の彼女は当時、クラスでいじめにあっていたのだ。当然彼女と、彼女をかばったさくらは槍玉に挙げられ、クラスはおろか学校じゅうから責められることになった。当時から男勝りで気の強かったさくらも、これには参ってしまった。

「で、私が泣いて帰ったのを見て、いつもへらへらしているあの兄貴が立ち上がってくれて。学校に乗り込んでいったんです」

すでに高校生だったユリオを、学校の教師たちは追い返そうとした。しかしユリオは聞かず、ついに教師たちを押し切ってうさぎ小屋の周りを調べはじめた。するとうさぎ小屋のそばに、不審なガムのゴミと、それを買ったときにもらったらしきレシートを発見したのだった。

「レシートはユリオの行きつけのコンビニのものでした。ユリオはそこの店長に事情を話し、レシートに記録されている時刻の監視カメラの映像を見せてもらったんですよ」

「高校生だろ？　よく見せてくれたな」

「そのコンビニの店長、当時すでに絶滅危惧種だったテレホンカードのコレクターで、どうしても手に入らなかったアイドルの限定テレホンカードをユリオがどこからか見つけてきて売ってもらったことがあったらしいんです。それ以来、ユリオとは仲良くなっていたそうで」

とにかく高校生時分から、そういうことにかけては秀《ひい》でている兄なのだ。

「結局、その時間にガムを買った様子が映されていたのは学校の近くに住む浪人生でした」

勉強漬けでむしゃくしゃしていて、校庭のそばを通るたびに怠けて野菜ばかり食べているうさぎに腹が立ってしょうがなかったという理不尽な理由だった。隣の家の小学生を脅してうさぎ小屋の鍵を盗ませて、夜中に忍び込み、バリカンで毛を刈ったのだった。

「とにかくそれで、私の疑いは晴れたんです」

「美しい兄妹愛ですね」

ゾンビ吉村が感嘆する。

「やめてよ」

とは言ったものの、さくらにとってこのエピソードはたしかに、誇らしいものだった。いまだにあんなごちゃごちゃした部屋に同居しているのは、心のどこかにユリオを尊敬している自分がいるからなのかもしれない。

「しかし今の話、注目すべきは、ユリオの、モノを通じた人脈作りだな」

裏柳さんが言う。

「あいつはなんていうか、すぐに人の懐《ふところ》に入り込んじまう。アカネはともかく、亜弥があんなに嬉しそうに笑うの、見たことあったかな」

彼の視線の先を見ると、倉庫に降りる階段のところで、ユリオとアカネさん、亜弥さんの三人が談笑していた。たしかに楽しそうだけれど、調査のほうはどうなったんだろう?

「あの姉妹は、苦労してますからね」

吉村くんが訳知り顔で言いながら、調理台を布巾《ふきん》で拭いている。

「こら吉村、余計なことを言うな」

「す、すみません」

「ウラさーん」

ユリオが裏柳さんを呼んだ。倉庫の階段のドアを開け、規制テープの向こうから手招きしていた。

「下の倉庫、棺桶の脇に置いてある、あの赤くてでかい木箱の中に珍しいものを見っけてしまったんだけど。たぶん、バンイップの頭蓋骨だと思うんだけど」

ああ、と、裏柳さんは楽しそうに額を叩く。

「見つかってしまったか」

「本物?」

「馬鹿、レプリカに決まってんだろ。だけどとにかく、見るか？」

「もちろん」

カウンターの外に出ていく裏柳さん。バンイップというのが何なのかわからないけれど、頭蓋骨と言っていたし、この居酒屋のことだから怪物の類《たぐい》に違いない。また不気味な持ち帰り品が増えるのかと、さくらはげんなりした。

「アカネさんと亜弥さん、東北のほうの出身で、二つ違いなんですけどね」

いつのまにか吉村くんが、カウンターの向こうからゾンビメイクのままの顔をこちらへ寄せてきていた。

「アカネさんが七歳のときに、家が火事になって、お父さん死んじゃったんですって」

姉妹の苦労について、訊いてもいないのにさくらに説明しようとしているようだった。人の過去をほじくり出すのは好きではないけれど、興味のある話だった。

「それでお母さんが女手一つで二人を育てたんだけど、体壊してアカネさんが十七のときに、やっぱり亡くなっちゃったんです。二人は親戚に引き取られたんですけど、いつまでも迷惑をかけられないっていうんで、上京してきて二人で住んでいるんです」

「へぇー、大変だね」

「そうですよ。俺なんか実家暮らしで恥ずかしいですよ」

姉妹で一緒に生活しているとは、自分たちみたいだ。もっともあの姉妹の部屋はガラクタで溢れてはいないだろうけれど。

「でもあの姉妹も、ようやく運が向いてきたんですよ。アカネさんはオーナーと付き合い始めて上々だし」

「え、あの二人そういう仲なの」

思わず訊き返してしまった。そういえば、仲睦まじい感じだ。

「はい、オーナーの略奪愛らしいですよ。で、前の彼氏、アカネさんに執着して、一度修羅場《しゅらば》だったらしいんですけど、今は落ち着いたそうです」

吉村くんはひひひと笑った。

「亜弥さんは亜弥さんで、女優としての仕事が増えてるし」

あの、ちょっと陰のある妹のほうが女優というのが、さくらには意外に感じられた。

「亜弥さんは元から女優さんを目指していたのかな」

訊くと吉村くんは、「いやいや」と手を顔の前で振った。

「全然そんな気はなかったみたいですけれど、可愛いからって、オーナーが芸能関係の人に相談したらしくて」

「裏柳さんが？　そういう伝手があったの？」

「なんか若い頃、特撮のヒーローの中に入ってたとかで」

これはまた、すごい話だ。

「一度なんか爆破スタッフがタイミング間違えて死にそうになったって言って、太ももにすごい火傷ありますよ」

そういえば、裏柳さんの体はシャツの上からでもわかるほどの筋肉質だ。人にはいろいろ過去があるものだ。しかし、特撮に出ていたのにホラーグッズ集めが趣味とは、人生はわからない……とコーラに口をつける。

「そういえば、なんで裏柳さんだけ、ゾンビメイクをしていないわけ？」

何の気なしに訊ねる。

「衣装が間に合わなかったとか」

「いやいや」

吉村くんはまた手を振った。

「この店は怪奇居酒屋ですよ。ゾンビの衣装なんて、奥の事務所にも下の倉庫にも、たくさんあります。そうじゃなくて、今日、オーナー、八時前に来たんですよ。メイクは店でするつもりだったんだけど、来たらほら、事故が起こってたからそれどころじゃなくて」

「それって、パーティー始まってからじゃん」

「ええ。五時前までここでアカネさんと料理の仕込みをしたあと、仮眠のために帰ったみたいです。俺、五時に来たときもうオーナーいなかったんで」

「おうち、ここから近いの？」

「ええ、歩いて十分くらいで。最近は疲れが溜まってるみたいで、朝までの営業のときは、早い時間をアカネさんに任せて仮眠して、一時過ぎたらアカネさんを帰して朝まで自分がやっているみたいです。本当は六時半頃来たかったみたいなんですけど、ちょっと寝過ぎちゃったんですかね」

「さくら、見てみろよ」

背後でノーテンキな声がした。振り返ると、ユリオが何かの頭蓋骨を持っていた。

「これ、二千円で買っちゃった」

……なにやってんだ、この人。

6

佑樹《ゆうき》は愛《あい》の手を取ると、一気に抱き寄せた。

〈今夜は、離したくない〉

〈このあいだもそうやって言いましたよ〉

愛は恨みがましく佑樹の顔を見る。

〈すまない。いつもいつも〉

〈私、もう、耐えられません。……あっ〉

佑樹は愛の唇を強引に奪う。愛の体はもう、佑樹の胸にとろけんばかりだ。

〈私、私、今夜、ラブモヒート!〉

「ああ、まただよ」

さくらは思わず枕を叩いた。どうせまた裏切られるのに、どうして愛は佑樹のことを愛してしまうのか。やるせない。

「おい、さくら」

ベッドの縁からひょっこり顔を出したユリオによって、ドラマ鑑賞は中断された。

――昨日は結局、客のゾンビの全員が四時から五時半のアリバイを証言したらしい。また、ゾンビメイクを取ったあとの死体の写真を見ても誰ひとり知り合いだと証言する人はいなかった。関係者たちは住所と電話番号を訊かれ、十二時前に強制解散になった。

「お前、恋愛ドラマってガラじゃないだろ」

「失礼な。……これ、リンさんと亜弥さんが出演しているドラマだよ」

一夜明け、さくらは思い立って、ベッドの足元においてあるノートパソコンを立ちあげ、ネット配信ドラマ『東京ラブモヒート』を観はじめたのだ。

主演の女バーテンダー、愛を演じているのが、高田リンさんだった。昨晩のゾンビ顔など幻だったのではないかと思えるほど、小顔にショートボブがよく似合っている。目も二重で大きくて、女性なら誰でも羨《うらや》むルックスだ。変な話だけれど、何人もストーカーがいるというのも、うなずける。

さくらは動画を一時停止し、ユリオに見せた。

「ほら、ゾンビメイクをしてないとこんなに可愛い」

「ゾンビでも可愛いよ。亜弥ちゃんのほうは？」

「この、バーのお客さんっていうホントにちょっとしか出てこない役」

「ふーん。まだ駆け出しだって言ってたからなあ」

と、そこに置いてあるフランケンシュタインの頭をぽんぽんと叩く。結局、裏柳さんとの値段交渉は、二万三千五百円で折り合いがついた。そして今、その頭はさくらのベッドの枕元にあった。今朝起きて目が合った時には飛び上がりそうになった。しかもその横には、二千円の怪物の頭蓋骨……。

「あの棺桶、持っていけるかなあ」

かつ、まだ棺桶のことを気にしているのだからいい気なものだ。

「今日、二時から仕込みだって言ってたなあ。行くか、さくら」

「行かない。だいたい、疲れている中での仕込みなんだから、邪魔しちゃダメだよ」

「お前ね、ウラさんはもと特撮ヒーローの中に入ってたんだよ。タフなんだから」

その話、知っていたのか。

「でも最近は疲れて来てて、夜通しの営業日は、早い時間帯をアカネさんに任せて仮眠してるそうだよ」

「嘘つけ」

「昨日、ユリオがあの怪物の頭蓋骨を買う交渉をしているあいだ、吉村くんに聞いたもん」

と、昨日の話を思い出しながら語る。

「――ちょっと待て」

さくらが話すと、ユリオは目を見張った。

「それは本当の話か」

「本当だけど、どうしたの？」

ユリオは答えず、眉間にしわを寄せて何かを考え始めた。いったい、何だというのだろう。

「いや、そんなはずは……ちょっとまて、じゃああれは……？　いや。そうか。それなら……」

一人でブツブツ言いながら、その顔はだんだん険しくなっていった。

7

その後ややあって、午後一時過ぎ。さくらはユリオとともに、警察署にいた。

「殺風景な部屋だなあ」

どこか、心ここにあらずという感じでユリオは言った。ユリオの中に確実に推理は組みあがりつつあるのだ。だけど、それは思わしくない結論に向かっているように、さくらには見えていた。

椅子と机、それに古びた黒板に何も入っていないスチール棚。室内にあるのはそんなものだ。丸っこい湯呑には薄いお茶が淹《い》れられている。

ドアが開いて、昨日見た顔が入ってきた。

「どうも三浦さん」

ユリオはひらりと右手をあげる。さくらは軽く頭を下げた。

「何の用だ？」

ぞんざいな口調の三浦刑事の前に、ユリオは十五センチほどの、厚紙でできた箱を差し出す。

「事件についてわかったことがあるんですが、その前にこれを、お近づきの印にね」

蓋を開けるユリオ。三浦刑事は太い眉をひそめ、のぞき込んだ。

「手錠か？」

たしかに、手錠が入っていた。

「そう。持ってみてください」

「うん？……なんだこれは、軽いぞ」

「それね、和紙なんですよ」

ユリオは楽しそうに答える。

「知り合いにクラフトワークのアーティストがいて。彼からもらったんですよ。どう見ても金属でしょ。手錠を見慣れている三浦刑事でも騙されたでしょ？」

三浦刑事は少し、興味を惹《ひ》かれたようだった。

「くれるのか？」

「特別に、三千円で」

三浦刑事は手錠を箱に戻し、蓋を閉め、ユリオのほうへ差し戻した。

「帰れ」

「いらないんですか。でも、本題がまだです」

「じゃあさっさと本題を言え」

「あの、死亡推定時刻のことなんですけどね」

ユリオは箱をしまうと、何事もなかったように切り出した。

「実際、どうしてあの死体が死んだのが、四時から五時半の間っていうのがわかったんですか？」

三浦刑事は呆れたようにユリオの顔を見下ろしていた。

「大事なことなんです」

ユリオが愛想笑いをすると、三浦刑事はため息をついた。

「死後硬直だ。人間は死後だいたい一時間から二時間で、口と顎のあたりが硬くなる。続いて三時間から四時間で、肩、肘、膝、股あたりが硬くなる。昨日の身元不明ゾンビはこの状態だったわけだな」

「その時間は、ずらすことはできない？」

いつのまにかタメ口になっていたが、三浦刑事はもう気にしていなかった。

「温度など、条件によってはできるだろうが、昨日の現場である倉庫は普通の状態だった。死後硬直の時間はずらせないはずだ」

「ふーん」

ユリオは腕を組んで考えた。思わしくない顔だ。

「死後硬直の時間をずらせないんだとしたら、構図は単純なんだよな」

「単純？」

さくらは疑問を差し挟む。

――ユリオはこのあと、男が死んだいきさつを含む大まかな推理を披露した。それはユリオにとっては不本意かもしれないが、さくらを納得させるに十分な内容だった。

「すごい。それが真相じゃないの？」

ユリオは納得していない様子だ。

「だとしてもまだわからないことが。どうして、男を死なせる必要があったのか。そもそも、死んだ男は誰なのか」

さくらは少し考え、ぱちんと手を打った。

「元カレだ」

「ん？」

さくらは、昨日吉村くんから聞いた、アカネさんの前の彼氏の話をした。

「その人がまた店にやってきて、トラブルを起こして……」

「いや」

いつのまにか聞く側に回っていた三浦刑事が言った。

「その人物については調べがついている。現在は東京を離れ、故郷の愛知県のガソリンスタンドで働いている。昨夜も午後五時から十一時まで勤務していたそうだ。関係者の友人・恋人関係は他にも調べたが、死体の身元につながりそうな手がかりは一向に出てこない」

そんな……。

「やっぱり、あのゾンビの正体がわからないことには、はっきりした真相が見えないんだよな」

ユリオが言う。

「謎だ……誰なんだ、あのゾンビ」

うなだれるユリオ。三浦刑事も同じような顔だ。……この二人、いつのまにか共に考えている。

しばらくしてユリオは、さくらの顔を見た。

「お前、昨日俺が倉庫を調べているあいだ、カウンターでくっちゃべってたな」

「何よ、悪い？」

「なんか、めぼしい情報はないのか」

「さっきしゃべったのが全部」

「もういちど、よーく思い出してみ」

「えー」

と言いつつさくらは、昨日カウンターで聞いたことを思い出せるだけ話した。役に立てることなどないと思ったけれど。

——すべてを聞いたあと、ユリオは頭をひねっていたが、「ひょっとして」と、三浦刑事にあることを提案した。

「調べてもらえます?」

ユリオの思う通りの結果が出たのは、それから一時間半も後のことだった。ゾンビの正体は、意外な人物だった。

8

《スーザンズ・ヘル》は五時開店だ。

店を任されつつあるアカネさんはほぼ毎日昼には来ている。オーナーの裏柳さんは、この時間に来ているのは週に二、三回程度だそうだけれど、今日はその、二、三回のほうに当たっていた。

ユリオと三浦刑事、それにさくらの三人が店を訪れたのは午後四時のことだった。裏柳さんとアカネさんはそろってカウンターの中にいた。アカネさんは今日もテンガロンハット。裏柳さんは昨日と色違いのネルシャツ。二人、仲が良さそうだった。

「なんだユリオ。刑事さんともだいぶ仲良くなったじゃねえの」

裏柳さんは三人の姿を認めるとにやりと笑った。アカネさんはこちらをちらりと見ただけで、再び手元に目をやって作業を続けた。チキンの仕込み中らしい。

「いやいや、仲がいいだなんてそんな、ねえ」

ユリオは破顔《はがん》して、椅子を引いて腰掛ける。その図々しさに乗じて、三浦刑事とさくらも座った。

「まだ開店前なんだが……図々しいなぁ、まったく」

裏柳さんは苦笑し、ユリオの前に陶器でできた人間の頭蓋骨を置いた。ユリオはその頭頂部に手をやり、パカッと開いた。中にはぎっしりジェリービーンズが詰まっている。

「三浦さんとさくらは？」

頭蓋骨を三浦刑事のほうへ押しやるユリオ。三浦刑事は気味の悪そうな顔をして手を振り、さくらも遠慮した。ユリオは「あーそー」と三粒ほどつまんで口に放り込むと、グラスを拭いている裏柳さんの顔を見た。

「ウラさん、前にヒーローの中に入ってたよね？」

「ずいぶん懐かしい話をするな」

裏柳さんは笑った。ユリオもそれに合わせた。

「今でも爆破とともに回転受け身、できる？」

「さあなあ」

「でも、あの階段くらいだったら、転げ落ちても大丈夫でしょ」

ユリオは店の奥を指差す。その先にはもちろん、一階の倉庫へと降りる階段があった。裏柳さんはグラスから目を離さず、答えるのをためらっているようだったが、しばらくして、「できないことはないだろうな」と控えめに答えた。

「昨日の夕方、一度うちに帰って仮眠したらしいね」

「悪いか？　それは刑事さんにも言ってある」

「で、六時半頃に戻ってくるって。五時前から六時半って、ずいぶん短いよね」

「実際、寝すぎて八時になっちまった」

「リンさんが遅刻したからね」

裏柳さんは手を止める。

「何が言いたいんだ、ユリオ」

イライラしてきたようだった。さくらは固唾《かたず》を飲んで見守っている。

「いやー、昨日の死体がゾンビだといいなと俺も思うんだけど、もしゾンビじゃないとしたら、彼が階段から転げ落ちて棺桶に頭を打って死んだのは、七時半より二時間以上前、四時から五時半のあいだってことになる」

「五時にはすでに、ここにはお客さんがたくさんいたわ」

ついにアカネさんまでが話に入ってくる。

「そう。じゃあ四時から五時だ。その間に、彼が死んだとしましょう」

一度言葉を切ると、ユリオは立板に水のように話しはじめた。

「ところがある人物は何らかの理由があって、パーティーがはじまってから彼が死んだことにしたかった。それで、彼の死体にゾンビメイクを施し、倉庫内の別の場所、おそらくはあの赤い木箱の中にでも隠し、こういう計画を立てた。五時からやってくるゾンビ客に紛れ、部屋の隅にじっとしている。素顔が見えないほどのメイクに加え、顔の隠れるかつらをかぶっているので誰も彼だと気づかない。そして五時にやってくると知っていたリンさんの首を絞めるなりなんなりして、ストーカーのふりをする。当然彼は引きはがされ、出入り口とは逆の、倉庫への階段のほうへ逃げる。かつてのヒーロー時代の経験をいかして階段から転げ落ち……」

「ちょっと待て」

裏柳さんは止めた。

「それは俺か？」

「バレました？」

ユリオはヘラヘラ笑っていた。……大丈夫だろうか？

「ヒーロー時代なんて俺にしかねえじゃねえか」

「じゃあここからはウラさんの名前を使わせてもらって。えーと、階段から転げ落ちたウラさんは棺桶に収まる。上から降りてきた協力者が『動かない』と言って救急車を呼ばせる。その協力者が現場保存か何かを理由にして客たちを店にとどまらせている間に、ウラさんはムクリと起き、本物の死体に自らの衣装を着せかつらをかぶせ、棺桶に入れ、路地への出口から出てきて一度どこか別の路地に身を隠す。これくらいなら救急車が到着するまでに可能でしょう。その後、メイクを落とし、自宅で仮眠を終えたオーナー裏柳として店に現れる。そうすれば死体は死後一時間も経過していないし、客たちの目撃もあるので救急隊員は彼を事故死と判断すると予測される。警察が出動したとしても、リンさんを襲った事実があるので、ゾンビはパーティー会場に紛れ込んだ身元不明のストーカーとして処理される可能性が高い。えーと、ここまでどう、ウラさん？」

「まあ、いいだろう」

肩をすくめるウラさん。しかし、その表情は、少しこわばっていた。

「ところが、この計画を真っ向から狂わせる事態が起きてしまった。リンさんの遅刻だ。本来ならばパーティーがはじまってすぐにでもこの計画をしたかったウラさんは、リンさんの到着をじっと二時間半も待たなければならなくなった。そのあいだに階下の死体の肩や肘は固まっていった。だから、『人を襲った時刻にはすでに死んでいたはずの死体』が出来上がってしまった。……ゾンビは、計画的なものじゃなくて、アクシデントだった」

ここまでしゃべると、ユリオは頭蓋骨の中のジェリービーンズをひとつ、つまんだ。

「食べる？」

勧められた裏柳さんはそれには答えず、手に持ったままだったグラスを置いた。

「もし俺がそんな計画を立てたんだったら、死体が変化する前に、それこそ亜弥でも襲って階段を転げ落ちるなあ」

「なんでそうしなかったか、俺もずっと疑問だったんだよ。ウラさんが、死亡推定時刻の微妙さを甘く見ていたというのもあるかもしれない。だけどもっと重要な事情があったのではないか。……ウラさんは、あの死体をどうしても『身元不明』にしたかったんだと。そのためには、リンさんの、不特定多数のストーカーの一人として処理されるのが一番いい。だから、リンさんの到着を待たなければならなかった」

「わざわざ？」

「そう。身元が割れると、動機がはっきりするから」

居心地の悪い沈黙。ユリオがジェリービーンズを嚙む音だけが聞こえている。

やがて三浦刑事が一枚の紙を取り出した。それは、古びた報告書のコピーだった。

「滝本茜さん。福島県警に連絡を入れて調べてもらいました。十六年前、会津若松《あいづわかまつ》で起きた、あなた方の家の火事です」

アカネさんはこちらを向かない。しかしその肩は小刻みに震えていた。

「お住まいだった家は全焼し、お母さんは七歳のあなたと五歳の亜弥さんを連れて仙台《せんだい》へ出て暮らし始めた。吉村くんが亜弥さんから聞いてさくらさんに語ったこの事実は正しい。だが、このあとひとつ相違がある。焼け跡からお父さんである康宏《やすひろ》さんの死体は見つかっていないんです」

アカネさんは手の先のチキンをじっと見つめている。

「康宏さんは近所では評判の怠け者だったそうですね。そのくせ妻にはいつも手をあげていた。火事の当時、二十七歳。生きていれば四十三歳。ちょうどあの死体と同じくらいです」

「…………」

「もしこの場であなたの髪の毛でもいただければ、死体のDNAと照合することもできます」

そして三浦刑事は、核心を突くことを言った。

「あの死体は、あなた方姉妹の、お父さんですね？」

「やめてください！」

アカネさんの手に力が入る。チキンがぐちゃっと音を立てて歪んだ。

「アカネ」

裏柳さんがその両肩に手を添える。アカネさんの息は荒くなっていたが、なんとか落ち着いた。そのまま裏柳さんと連れ立ってカウンターのこちら側に出てきて、ソファーに腰掛けた。

さくらたち三人もソファーのほうへと移動する。

裏柳さんが水を持ってきた。アカネさんは一口それを飲むと、ふぅ、と息をついた。

「あの男は、『お父さん』なんかじゃないですよ……」

落ち着いてはいたけれど、その言葉には深い恨みの念がこもっていた。

＊

「物心ついたときから、父は母に暴力をふるっていました。働いているところは一度も見たことがありません」

アカネさんは、小さな声でゆっくりと話し始めた。

「暴力は私たち姉妹にも及ぶようになりました。私たちはいつも、身を寄せて泣いていました。幼心ながらに、あの男に殺意を抱くようになっていったのです」

――火事が起こったのはそんなときだった。火元は、酔った康宏の寝タバコだろうと思われた。

とにかく、目が覚めたらあたりは火の海だった。母親は姉妹を起こし、避難させようとした。そのとき、何を思ったのか、康宏が母親を押し倒したのだ。酔っていてパニックになっていたのかもしれない。だがその姿は、茜には鬼のように見えた。深い憎悪が芽生えた。なおも母親に襲いかかろうとする康宏の足に、五歳だった亜弥さんがしがみついた。康宏はよろけ、ちゃぶ台の角に頭をぶつけて昏倒《こんとう》した。そのまま、父親を助けることはしなかった。

母親はすぐさま姉妹を促し、ありったけの金銭を摑んで家を出た。燃える家をあとにし、安宿に二泊して戻ると、家は全焼していた。父親の遺体は焼け跡から発見されず、そのまま行方不明となった。

「母はその後、私たちを養うために無理して仕事をし、私が十七のときに亡くなりました。親戚に預けられましたが、亜弥が高校を卒業したのをきっかけに東京に出てきたのです」

予想はしていたものの、その壮絶な人生に、さくらは啞然としていた。

「このお店でアルバイトをさせてもらってからは本当に楽しかった。ですが、亜弥が女優デビューをし、ネット配信のドラマに出演してすぐに、運命はまた変わりました。あの男が私の前に現れたのです」

だいぶ年を取っていたが、アカネさんにはすぐにわかった。康宏だった。命からがら火事から逃げ出したあとはショックで記憶を失いしばらくホームレス生活のようなことをしていたが、なんとか再起し、あちこちを転々としながら飯場《はんば》生活などを送っていた。それが、ひょんなことからネットドラマを見たのだ。亜弥の顔を見て、すべての記憶が戻った。康宏は事務所を探り当てて張り込み、現れたわが娘の後を尾行し、姉妹の住まいを突き止めた。彼がターゲットとしたのは亜弥さんではなく姉のアカネさんだった。アカネさんが何かと妹のことを守ろうとする性格だったのを覚えていたのだ。

「『前途ある女優が、かつて父親を殺そうとしたなんて、世間に知られたらまずいだろ?』。あいつはそんなことを言って、私をゆすり始めたのです。そして亜弥には、自分が生きていることを秘密にしていました」

さくらの中に言い知れぬ怒りがこみ上げてきた。

「そして昨日、ついにあの男は、この店で一人パーティーの準備をしていた私のもとを訪れたのです。私は帰れと言いましたが、金を渡さないと亜弥と事務所、さらに世間に公表すると言い出しました。私はお金を渡し、表通りから出ると何かとまずいかも知れないから、倉庫のほうから外に出るようにと、その階段にあいつを促しました。そして、階段を降り始めたあいつの背中を……!」

アカネさんは両手で顔を覆ってむせび泣き始める。その背中を、裏柳さんが優しくさすった。

「俺が店にやってきたのは、その直後だよ」

裏柳さんはユリオの顔を見てそう言った。

「四時四十分くらいだったかな。あの男はすでに棺桶の中に収まって息絶えていた。棺桶の傍らでは、ゾンビのメイクをしたアカネが呆然としていた」

アカネさんの肩を揺すぶり、事情を聞き出した裏柳さんは、アカネさんをかばうことを決心した。あと十数分でゾンビ客たちがやってくるという差し迫った状況の中、思考を巡らせた。

「死体を棺桶に隠してやりすごすわけにはいかなかった。八時にはユリオが引き取りにくるからな」

「あの」

さくらはここで初めて、疑問を差し挟んだ。

「『やっぱり引き取らせるわけにはいかなくなった』ってユリオに電話することは考えなかったんですか？」

裏柳さんは笑いながらユリオの顔を見る。

「そんなの、この男が許すと思うか？　無理やり押しかけてくるに決まってる」

ユリオは顔をしかめてさくらのほうを見ていた。さくらは自分の愚問を恥じた。

「死体を赤い木箱に隠すのはすぐに思いついた。だが問題が二つあることに気づいた。一つは、棺桶の内側の布にこびりついた血だ。落とすのはほぼ不可能。しかしそのまま引き渡せば、さすがのユリオも不審に思うだろう。警察に通報するかもしれない。二つ目の問題は、死体の処理だ。パーティーをやりすごしても、どこに捨てればいいのか見当もつかない。悩んでいたら、リンさんがパーティーに来ることを思い出した。リンさんが最近、誰だかわからない不特定多数のストーカーに、つきまとわれていると亜弥が言っていたんだ」

「それで、あの計画を思いついたんですね」

ユリオが言うと、裏柳さんはうなずいた。

「そうだ。大勢の客の前でリンさんを襲って階段から転げ落ちて死ねば、棺桶に血はついて当然だし、死体は身元不明のストーカーとして処理される。アカネや亜弥につながっているとは気づかれないだろう」

裏柳さんは両手で膝を叩き、うなずいた。

「即興で思いついたにしては上出来だと思ったよ」

「リンさんが遅刻しなければね」

意地悪く、ユリオが言う。

「ああ。……しかし、正直に言うとやっぱり、死後硬直には詳しくなくてな。リンさんが来る前に動いて転げ落ちたほうがよかったのかもしれない。本物のゾンビが現れたなんてことになっちまった。……ごめんな、アカネ」

するとアカネさんは目を拭い、「本物の、ゾンビよ」と言った。

「え？」

「あいつは本物のゾンビよ。一度死んだはずなのに蘇って私の前に現れ、食い物にしようとしたんだから」

本物のゾンビ——さくらは、再び背筋が凍りそうになった。
店内を見回す。おどろおどろしい怪物たちの顔が並んだ棚。骨格標本に、グロテスクな臓物の置物。そして墓石のスツールが至るところに佇《たたず》んでいる。怪奇居酒屋《スーザンズ・ヘル》。ここで開かれた「ナイト・オブ・ザ・デッド・リビング」というパーティーの席上、ゾンビは二度、死んだのだ。

9

夕方の山手通りを北上する。このあいだほどではないものの、やっぱり混雑はしていなかった。

助手席のユリオは、クワガタが取れなかった小学生のようにしょんぼりしている。膝の上には、二十センチ四方の箱が置いてあった。

——ええ、なんで！

つい数分前のユリオの叫びが耳にこだまする。

——当然だろう。これは裁判で証拠品となるんだぞ
ユリオが喉から手が出るほどほしがったドラキュラの棺桶は、結局警察に持っていかれることになってしまったのだ。

――血なんかついてて、かまいませんから
――血がついてるからかまうんだ
――十二万出します
――金の問題じゃない
警察の言い分に勝てるわけがなく、結局ドラキュラの棺桶は、警察が用意したトラックに積まれていってしまった。それでユリオはしょげかえっているのだ。
「ユリオ」
進行方向から目を離さず、さくらは話しかける。
「さっきの、かっこよかったよ」
「推理のことか？」
「いや」
裏柳さんとの会話のことだ。
――ユリオ、この店のもの、全部やるよ
実際に手を下したアカネさんほどではないにしろ、裏柳さんも罪に問われるとのことだった。
――もう売り渋ることなんてないからな
犯罪者になってしまった自分を卑下し、彼はユリオにこう言ったのだろう。だけどユリオは、こう返事をしたのだ。
――なに言ってんですか。渋る相手からほしがるから面白いんです

――え？

――売り渋る人は、物の価値をちゃんとわかってる人だから。ねえ、裏柳さん。またこういう気味の悪いもの、いっぱい集めましょうよ

ほしがらないユリオを、さくらは初めて見た。そして思ったのだ。ユリオがほしがっているのはガラクタそのものよりも、その向こうにある〝価値〟というものなのだと。

裏柳さんは少し考えていたが、「オッケー」とうなずき、一度カウンターの中に入ってから段ボール箱を持ってきた。

――じゃ、棺桶がダメだった代わりに、これだけ受け取ってくれ

――なんですか

――今日の午前中届いた。新しい一軍だよ

――まじですか。じゃあ、遠慮なく

それが、今、ユリオの膝の上にある。

「もうしょげてないでさ、その箱、開けてみたら」

「ああ」

ユリオはあまり気乗りがしないようだったが、ゆっくりと箱を開けた。そして、

「あっ！」

と叫んだ。

「なに、何が入ってたの？」

さくらもさすがに気になって、運転しながらちらちらとその手元を見る。ユリオは大事そうに箱に両手を入れ、中身を取り出した。

それを見て、思わず急ハンドルを切りそうになった。

犬の標本だった。だが、足が二本しかない。それもそのはず、その犬は縦に真っ二つなのだ。口、食道、胃、腸と全部丸見えの状態になっている。

「なんなのそれ、気持ち悪い！」

「馬鹿。これは、名作『バタリアン』に出てくる半裂きの犬の標本じゃないか。ウラさん、センスあるー。あっ、ボタンまでついてる」

ユリオがボタンを押すと、標本はキャンキャンと鳴き出し、体をブルブルと震わせた。足を板に固定され、しかも体内が丸見えの状態の犬が鳴く。その鳴き声が愛らしい分、この世のものとは思えないおぞましさがさくらを襲った。

「ねえそれ、しまって」

「なんでだよ」

ユリオはさくらのほうに犬を押し付け、もう一度ボタンを押した。キャンキャン。

真っ二つに割れた犬の鼻の頭を視界の端に感じながら、さくらは心の芯から感じていた。

やっぱり、ゾンビなんか好きになれないと。

デメニギスは見ていた

1

深町《ふかまち》さくらが、兄のユリオとともに《SUGIアートミュージアム》にやってきたのは、水曜日の四時半過ぎだった。

正面玄関を入り、エレベーターをぐるりと迂回《うかい》すると特別展示棟への廊下があった。くねくねと曲がる廊下を歩いていくと、体育館くらい天井の高い空間に出た。壁は全面、白い。四面の壁には、床から三メートルより上の高さに窓がある。カーテンが引かれて、天井から吹きつける冷房の風でそよそよと揺れていた。外の光はシャットアウトされ、照明も全体的に暗い。

さくらは小テーブルの上に積んであったパンフレットを一部取り、兄の後ろをついていく。

室内には、パーティー客と思《おぼ》しき人たちがすでにちらほら来ており、即席のフードカウンターには軽い食べ物や飲み物が用意されていた。

「やあ、羊太郎《ようたろう》さん」

ユリオが話しかけたのは、水色のストライプのジャケットを着ている男性だった。

いる。

「おう、来たな」

「こっちは妹のさくらね」

軽く会釈《えしゃく》をすると、羊太郎さんは「よろしく」と言った。髪の毛は短く中央に寄せるように刈り込まれている。太めの体型だ。パンフレットによれば、三十三歳。実物は写真より老けている。

「これが、羊太郎さんの作品?」

「ああ、ここ、この一角だけな。《Dキューブ》っていうんだけどな」

ユリオが見上げたのは、巨大なガラスのオブジェだ。オブジェというより、この特別展示棟内に設置された建造物と言ったほうが正確なほどの大きさだ。

一辺四メートルはありそうな巨大なガラスの立方体《キューブ》が四つ、「田」の字形に上下に積まれている。その中央には階段と踊り場が設けられており、上の二つの立方体に登れるようになっている。立方体といってもガラスが貼られているのは上下前後だけで、左右は開放になっているので、四つすべてに人の出入りが可能だ。ただし、今日は酔客も出るから、立ち入り禁止。キューブの前に金属のポールが並べられ、赤いロープが渡されていた。

四つの立方体は二階部分の向かって左が《Aキューブ》、右が《Bキューブ》、一階部分の左が《Cキューブ》、右が《Dキューブ》とそれぞれ名づけられ、今回の企画展に参加する四人のデザイナーには、それぞれ一つが与えられているらしい。ユリオの知り合いである羊太郎さんはその《Dキューブ》担当というわけだ。

スケルトン・キューブ立体図

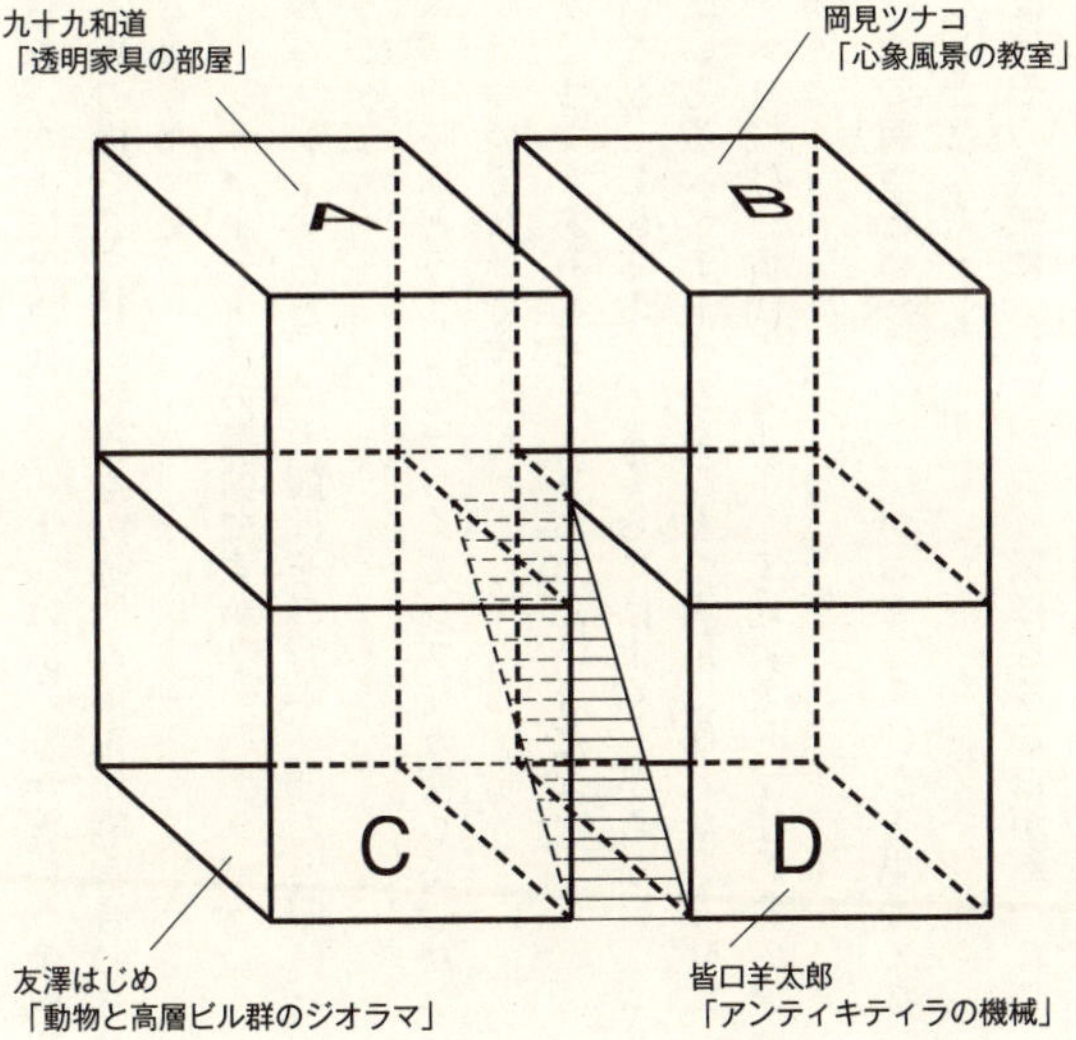

上からキューブを見た図

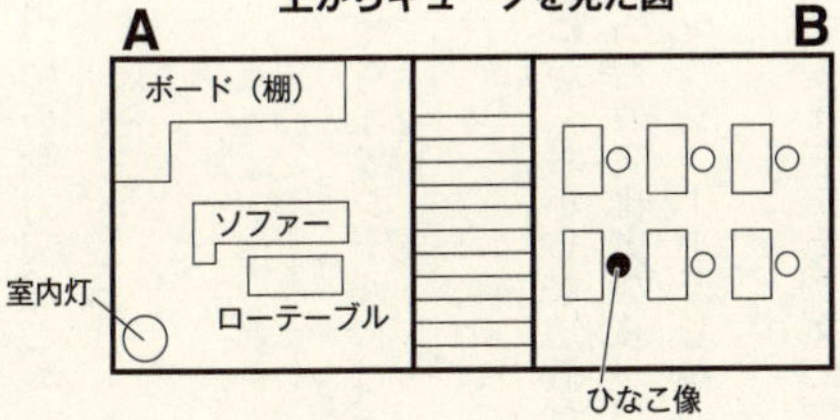

《Dキューブ》の床の中央に、水で満たされたガラスの水槽がある。水中には何らかの動力装置が沈められ、水上には直径一メートルはあろうかという金属製のアナログ時計と、大型のベル。それを取り囲むように、何枚もの透明な歯車が噛み合わさり、水槽の中の動力装置とつながっているようだった。

「これは、アンティキティラの機械ですか？」

ユリオがコメントすると、羊太郎はその背中をぽんと叩いた。

「よく知ってるな」

「へっへへ、一時期どうしてもほしくてレプリカ探しましたからねえ。でもオリジナルには、時計とベルはついてないですよね」

「ああ。あくまで、あれをモチーフにした時計だよ」

二人が何を話しているのか、さくらにはよくわからない。ユリオはとにかくおかしな知識だけはいっぱいある。ポテトサラダひとつ満足に作れないくせに、じゃがいもの文化史なら一時間半はしゃべり続け、古代カメルーンで通貨として使われていたポテトマッシャーをほしがったりするのだ。

「この、透明の歯車というアイデアがおもしろいかと思ってな。あくまであれをモチーフにしたっていうことだ」

さくらにはその機械について一つ、気になることがあった。

「その歯車は、どうして消えちゃってるんですか？」

水槽の中、透明の歯車の半分は水面から上へ出ているが、水の中に入ってしまった部分が見えない。

「あれは水じゃなくて、特殊な油でさ」

羊太郎さんはにこやかに説明してくれた。

「油と光の屈折率が同じなんだよ。だから消えているように見える」

「へぇー」

そんな現象があるのかとさくらは感心した。

「六時になったら動き出す設定にしてあるから、今しばらく待つように」

「楽しみだなあ」

ユリオが言ったそのとき、

「ねえ」

さくらの背後から、羊太郎さんに声をかける女性が現れた。

青いドレスを身にまとっている。髪は長く、目鼻立ちをしっかり見せるメイク。化粧やアクセサリーを見ても洗練されている。デニムシャツとチノパンという格好でやってきた自分を、さくらは恥じた。

「妻の香蓮《かれん》だ」

羊太郎さんが紹介すると、彼女は軽く頭を下げただけだった。綺麗だけれど、冷たい印象だ。

「ちょっと車の鍵、貸してくれる？」

彼女は羊太郎さんに言って、手を差し出した。羊太郎さんはポケットから鍵を取り出した。

「どこへ行くつもりだ？　今からセレモニーが始まるというのに」

「車の中に忘れ物しちゃっただけよ」

彼女は鍵を受け取ると、人々のあいだを抜けていった。その後ろ姿を、羊太郎さんは顔をしかめて見送っていた。

2

さくらは今年、二十四歳になる。

大学を卒業してから一度は就職したものの、上司のセクハラ・パワハラに嫌気がさしてすぐに退社。しばらくは就職せずに今後の方向性を考えようということになり、兄の住んでいる叔母名義のマンションの部屋に転がりこんだ。

兄のユリオは、三十歳、フリーライター。書き物の収入は微々たるものだけれど、兼業でやっている仕事でたまに大きな儲けが出る。それは、方々（主に都内）からモノを買ってきてはほしい人に売る、言ってみれば「ガラクタ屋」みたいなことだ。ネット上に開設している《ほしがり堂》というサイトは、遠方の顧客に人気らしい。

ユリオはとにかくモノ集めが好きで、１ＬＤＫの部屋は、どんな忍者でも音を立てずに忍び込むのは無理だろうというほどモノで溢れている。さくらの割り当てられた二段ベッドの上段ですら、十数個の目覚まし時計や、ゼンマイ式おもちゃなどで半分くらい埋まっているのだ。それにも飽き足らず、日夜いろんなところに出かけては、珍しいモノを譲ってもらっている。値打ち物だけではなく、自分がほしいと思ったものは見境なくほしがり、すぐに値段交渉をはじめてしまう。最近ではさくらの枕元に、フランケンシュタインの首が加わった。

そんなユリオは最近、中野《なかの》の飲み屋で皆口《みなぐち》羊太郎さんという人と知り合った。彼の「美大卒のデザイナー」という経歴・肩書きに食いついたユリオは、「なんか要らないものあったら引き取りますよ」とぐいぐい押した。「それなら今度、杉並《すぎなみ》の美術館で企画展があるんだ。オープニングセレモニーに招待しとくから、来てみれば」と言われ、数日後、招待状が届いた。

企画展は、「四人のスケルトン」というタイトルだった。羊太郎さんを含む四人は、全員同じ美大の同期卒業生で、アーティストやデザイナーという肩書きをもち、それぞれの分野で活躍している。この四人が、スケルトン、つまり「透明」をテーマに、それぞれの作品を展示するという、いわば競作展なのだった。

＊

羊太郎さんとすっかり打ち解けた頃、参加客の数も増えてきて、パーティーは始まった。アンティキティラの機械（ユリオの説明によれば、ギリシャの島で見つかった二千年前の天文観測機械で、『世界最古の計算機械』と呼ばれているらしい）に取り付けられた時計は、五時を五分ほど過ぎていた。

「えー、明日からいよいよ企画展ということですが」

スタンドマイクの前に立ち、乾杯の挨拶《あいさつ》を任されているのは、四人のデザイナーの一人、九十九《つくも》和道《かずみち》さん。肩までの長髪で、やけにパリッとした紫色のシャツに白いボトムを合わせている。

「実は前日である今日は、私の三十三歳の誕生日でもあります」

おお、と客の中から拍手が起こる。羊太郎さんと同い年だけれど、だいぶ若々しい。彼は拍手が収まるのを待つと、挨拶を再開した。

「記念すべきこの日に、挨拶ができることを光栄に思います。それでは、企画展の成功を祈って、乾杯」

和《なご》やかな雰囲気の中、乾杯が行われた。

「羊太郎さん、誰か紹介してください」

「おう、こっちだ」

羊太郎さんの作品が買い取れないと見たユリオは、《Cキューブ》の男性デザイナーさんを紹介してもらっていた。着ているものはゆったりとして、左脇寄りの前開きのシャツ――ロシアのルパシカというやつだ。食べ物には目もくれず、ずっとタブレット型パソコンをいじっていた。

友澤《ともざわ》はじめさん、三十七歳。羊太郎さんはユリオとさくらのことを友澤さんに言葉少なに紹介したが、友澤さんはすぐに受け入れてくれたようだ。

「じゃあ、俺はまたあとで」

羊太郎さんが言うと、友澤さんはひらりと手を挙げた。二人は分かりあっているようにさくらには見えた。

「うわ、すごいな、これ」

友澤さんの作品は、不思議なものだった。一目で新宿《しんじゅく》と分かる高層ビル群のジオラマと、その周囲、上下左右から見守るように配置された、体の一部が透明な動物たち。

「ミズクラゲ、グラスウィングバタフライ、オセレイテッド・アイスフィッシュ……」

透明な動物たちの名前を次々と当てていくユリオ。興味をひかれたのか、友澤さんはユリオの顔を見る。

「ひゃー、デメニギスまでいる！」

都庁の真上に吊られたその奇妙な魚は、頭の部分が透明になっており、中にボール状のものが二つ見えた。脳が二つ？

「なにあれ。あんな魚、実在するの？」

「何言ってんだ、さくら。東北地方の沖合に生息する深海魚、デメニギスだろ」

「透明でドーム状の頭部が世界的に有名ですね、ほら、中に目があるでしょう」

友澤さんが補足する。

「えっ、あれ、目なんですか？」

「いくらです？」

さくらの言葉に被せるように、ユリオは不躾《ぶしつけ》に訊いた。友澤さんは眼をしょぼしょぼさせた。

「はい？」

「あのデメニギスの値段」

こうなってしまったらもう、さくらの手には負えない。もともと深くかかわる気もないけれど。さくらはユリオから離れ、他のパーティー客に交じって食べ物を取りに行き、設置されたテーブルで食べ始めた。

「あらあなた、美術館のスタッフさん？」

真っ赤な髪の人に話しかけられたのは、それから十分後のことだった。

「い……いいえ……」

たじろぐさくらに、名刺が渡される。四人目のデザイナーさんだった。岡見《おかみ》ツナコさん。とはいえ……見るからに女装した男性なのだ。赤い髪、赤いブラウスに赤いスカート、赤いハイヒール、そして顔はワインで真っ赤。兄のユリオにくっついてきたのだと説明すると、なぜか気に入られてしまった。

しばらく話していると、中身は完全に女性だということがわかった。体と心の性が一致していないという、一種の状態だそうで、子どもの頃から苦労したけれど、今では認められて何とかやっている、というようなことを、ツナコさんは上機嫌で話した。

「ほら飲んで、さくらちゃん」

一本まるごと持ってきたボトルを、さくらのグラスに注いでくるツナコさん。今日は軽トラでは来ていないから、アルコールは一応、大丈夫だけれど……。

「いいんですか、オープニングセレモニーですよ？」

「いいのよ。セレモニーだなんだって言っても、みんなタダ酒飲みに来てるんだから」

さくらは《Bキューブ》を見上げる。

「ツナコさんの、あの作品ですけど……」

中高とスポーツに明け暮れ、大学でもテニスサークルだったさくらには、芸術はわからない。だから、どんな質問をしていいのか見当もつかないけれど、ツナコさんなら、そんなさくらのこともわかってくれる気がした。

「あれは、何を表しているんですか？」

「ああ、あれね」

ツナコさんは赤い髪を太い指で一度いじると、自分の作品を見上げた。

学校で使うような机と椅子が六つ並べられ、そのうち五つには、プラスチック製と思われる透明な人形が座っている。手前の左端の残り一つには、左手で頬杖をついた女の子のブロンズ像が座り、セーラー服を着せられていた。

「あれは、私の中学・高校時代を表しているわけ。私、物心付いたときから、自分の中身と、生物学的な性別が違うことに気づいていたの」

ツナコさんはそこまで言うと、スモークサーモンを口に入れた。何か悪いことを訊いてしまっただろうか。

「あの、私……」

「いいのいいの、気にしないで」

顔の前で手を振るツナコさん。

「で、うちの父親がまたこれ、『男なんだから男らしく』って厳しくてね。でも私は絶対に、男になんかなれなかった。お化粧して、マニキュアして、ブラジャー着けて、でも誰も理解してくれなくて」

再び、自分のキューブを見上げるツナコさん。

「私はずっと、クラスで無視されてた。いつしか、周りを透明だと思うようになったんだね。……今回、『透明』をテーマにするってきいたとき、真っ先に思いついたのがあの頃の心象風景よ」

そういうことだったのか。

「ちなみにあのブロンズは『ひなこ』って言って、私がよく作品に使う、相棒っていうか分身みたいなものね」

「そうなんですね」

「いいのいいのそんなに真面目に見なくて。誰も展示品なんか、見ちゃいないんだから。……と思ったけれど」

ツナコさんの視線の先は《Cキューブ》で止まった。ユリオがいる。

「十五万五千円でどうですか？」

相変わらず、デメニギスを買おうとしている。友澤さんはタブレットを閉じ、「いや……」と困り顔だ。もうあれから四十分以上経つというのに。

「何、あの人？　トモくんの作品を買おうとしているわけ？　今回のは、販売じゃないのに」

「ごめんなさい」

さくらは目を伏せた。

「あれ、うちの兄です」

「えー、あの人がそうなの」

「ああなっちゃうと、もう、見境がつかなくて」

そのとき、一人の女性が、ユリオと友澤さんに近づいていった。見覚えのある青いドレスの女性。羊太郎さんの奥さんの香蓮さんだ。

「ねえトモくん、カメラは？」

香蓮さんが友澤さんに話しかけ、ユリオの値段交渉は遮《さえぎ》られた。

「も、持ってきてるよ。車の中にある」

「悪いんだけど、今持ってきてくれない？」

「ああ、いいよ」

「ごめんなさい、話している途中に」

ユリオは手を挙げて、いいですよ、と答えた。

友澤さんはユリオにぺこりと頭を下げると、本館へ通じる廊下へと向かっていく。

「トモくんはね」

その後ろ姿を見ながら、ツナコさんが呟いた。

「歳は四歳くらい上なんだけど、私と地元が同じでね」

共に神戸《こうべ》の外れの出身だそうだ。それどころか、友澤さんのお父さんが、ツナコさんのお父さんが社長を務める会社の社員だそうで、ずっと縁があるとのこと。

友澤さんは一度、私大に合格したが、美術への道を諦めきれずに一年で大学を辞め、三年の浪人生活を経て美大に合格した。偶然にも同じ時に、ツナコさんも同じ美大に入学した。

「それでまあ、東京《こっち》に出てきてからはいろいろお世話になってるのよ。大学では同期だけど、お兄ちゃんみたいな感じかな」

「羊太郎さんの奥さんと友澤さんは、どういう関係なんですか？」

さっきの会話から、気心が知れている感じだ。

「ああ、香蓮も私たちと同期で入学したの。でも授業についていけなくて中退してね。その後、歌を習い始めたらしくて、今はどこか飲み屋のステージで歌っているとか。羊太郎がデザインで成功したのをどこかでかぎつけてきて、近づいてきてたぶらかして、結局一緒になっちゃった。玉の輿《こし》よ、玉の輿」

その口ぶりからは、ツナコさんが香蓮さんに対していい感情を持っていない感じが伝わった。

「実は内緒なんだけどね」

ツナコさんは声を潜めた。

「香蓮、羊太郎の前にカズとも付き合ってたの」

カズというのは、さっき乾杯の挨拶をした九十九和道さんのことだ。家具のデザイン会社に勤めているそうで、その関係者らしき人たちに囲まれて談笑している。九十九さんのキューブは、《Aキューブ》。青いローテーブルを中心に、透明のソファーに透明のボード、透明の室内灯などが展示されている。

「友達に戻りましょう、っていう別れ方をしたみたいだけれど。まあ、最近もいろいろあるんじゃないかと私は踏んでいる。とにかく、男を一人に決められない人なんだから。実はね、この展覧会の準備の間にも、香蓮が出入りしているところを見たっていう美術館スタッフの人がいるのよ。しかも羊太郎のいない時によ？」

なんだか、聞いてはいけないことのような気がした。

「それにね、今日ここへきて作品チェックをしたとき、私の作品の机の位置が、ちょっとずれていたのよね」

「それ、どういうことですか？」

「変な勘繰りはしたくないんだけどさ、誰かが嫌がらせのために私の作品にいたずらしようとして、それを誰かが思いとどまらせた、みたいな光景が頭の中に浮かんじゃってさ……」

「ツナコ」

そのとき、件《くだん》の香蓮さんが、手を振りながら近づいてきた。

「そんなに顔、赤くしちゃって」

「香蓮だって赤いよー」

ツナコさんは、にこやかに香蓮さんを迎えた。さっきまであまりいい感じに言っていなかったのに。やっぱり完全に、中身は女だ。

「さくらさんでしたっけ。気をつけてくださいねー。この子、酒癖悪いから」

「もーう、やだー。言わないで」

「男が出ちゃうんだよねー、酔うと」

「言わないでってばー」

二人はキャッキャと笑いあった。うわべだけの会話だろう。

「じゃあまたあとでねー」

香蓮さんはその場を離れた。

ふう、とため息をつくツナコさん。さくらは苦笑いをしながら香蓮さんを見送り……、あれ？　と思った。

彼女はスケルトン・キューブのほうへ向かっていくのだ。その前には、立ち入り禁止を意味する、赤いロープの張られたポールが並んでいる。と、香蓮さんはそのポールからロープを勝手に外し、進んでいった。

「ねえ、香蓮」

ツナコさんは、彼女を呼び止めた。香蓮さんは聞く耳を持たず、スケルトン・キューブの透明のガラス階段に足をかけ、登っていった。パーティー客たちも、その異変を感じ取り始める。階段を登りきって踊り場に立つと、香蓮さんはその注目が気持ちいいと言わんばかりにくるりと振り返り、スタイルを見せびらかすように腰に手を当てて一同を見下ろした。

「香蓮、何やってるんだ!」

九十九さんが叫ぶ。

「降りてきなさい、香蓮。まだ立ち入りは禁止だ」

夫の羊太郎さんも注意をした。

香蓮さんは聞かず、モデルのような足取りで《Aキューブ》のほうへ歩いていく。九十九さんの透明家具の数々。ローテーブルの前を抜け、足元を確認するような仕草をしながら、ソファーの前にやってくると、彼女から見て斜め左前を向くようにしてポーズを取った。

そのとき、静寂をぶち壊すような低い金属音がした。

《Dキューブ》に取り付けられている鐘が鳴ったのだ。そういえば、六時にセットしてあると羊太郎さんは言っていた。

アンティキティラの機械が動き始める。

パーティー客たちは、香蓮さんと、動き出したアンティキティラと、どちらを見ていいのかわからなくなってしまった。

突然、かんしゃく玉が破裂するような音がした。

「えっ」

香蓮さんが声を上げた。

その自信満々の足元が突然おぼつかなくなってきた。香蓮さんはゆらゆらと、三、四歩後ずさり、どさりと透明ソファーに腰を下ろした。下ろしたというより、落とした、と言ったほうが正確なようにさくらには見えた。そのまま香蓮さんは動かず、彼女の体の下に赤い液体が流れるのが見え始めた。青いドレスだからわからなかったのだ。彼女の腹部から、流れ出している。

「香蓮……?」

茫然自失のパーティー客たちを代表するかのように羊太郎さんがつぶやく。香蓮さんの反応はない。

「きゃあああっ!」

美術館スタッフの若い女性が悲鳴をあげ、一同は正気を取り戻したようにざわめき始めた。

「救急車!」「いや、警察!」「ピストル?」「誰だ、ピストル?」

「香蓮!」

羊太郎さんが階段を駆け登っていく。《Aキューブ》に駆け込み、妻の体を揺り動かしていたが、

「ひなこ像だっ」

と何かに気づいたように叫び、踊り場を横切って《Bキューブ》へと入った。そして、ひな

こ像のセーラー服の中に袖から手を入れて、探り始めた。何をやっているの？

「嘘でしょ……そんな……」

さくらの向かいで、ツナコさんは顔面蒼白になっていた。どうしたのだろう？

「ツナコ！」

《Bキューブ》から、羊太郎さんの怒鳴り声が飛ぶ。

「お前、これ、封印したって言ってただろ！」

恐怖のどよめきの波が立つ。羊太郎さんの手には、一丁のピストルが握られていたのだ。あの像は、ツナコさんのものだ。ということは……？

「知らない。私、知らない……」

ツナコさんは両肩を抱くようにして、がたがたと震えていた。

3

警察がやってきたのは、それから三十分ほど後だった。

スケルトン・キューブの周囲に黄色の規制テープが張られ、鑑識の人たちが調べ始める。香蓮さんは死亡が確認され、運ばれていった。

楽しいパーティーの雰囲気が一転、騒然となった客たちは一度、足止めをされた。杉並南《すぎなみみなみ》署から来た二人の刑事はまず、順番に事件の起きたときの目撃証言を一人一人取ると言い出したけれど、その後、美術館関係者と、四人のデザイナーに聞き込みを絞り、香蓮との関係が薄いと思われるパーティー客たちは連絡先を控えられたうえで解散になった。

なぜそうなったのかというと、香蓮さんは、ツナコさんの過失によって死んだと判断されたからだった。

「確認しますが」

日《ひ》置《おき》と名乗ったブルドッグ顔の太った刑事は、ビニール袋に入れられたそのピストルを、ツナコさんの眼前に突き出す。

「これはあなたのもので、あなた自身の手によって、あの像の中に仕込まれたのですね」

ツナコさんは、ゆっくりとうなずいた。

*

ツナコさんのこのピストルの事情について、さくらは警察が来る前にツナコさん本人から聞いていた。

ひなこ像は、胸の部分にちょうどピストルがぴったり嵌《は》まる穴が穿《うが》たれていて、弾道用の穴もつけられていた。羊太郎さんの手によってひなこ像から取り出されたピストルは、興奮している羊太郎さんには預けておけないと、駐車場から帰ってきた友澤さんが引き取り、結局そのまま警察が来るまでは友澤さんが預かることになった。

隅の椅子に移動した彼女は、気を落ち着かせるために、紅茶を飲みながら、ぽつりぽつりとさくらに話し始めたのだった。

「私の父は、神戸で商船を相手にする仕事をしていてね……」

港での仕事というのは、男性労働者が多い。彼らをまとめるためには少々の気の荒さが必要だ。そんなツナコさんの父は当然、息子が生まれつき「中身が女」であることを認めたがらず、ツナコさんに、柔道や剣道などをむりやり習わせたという。ところが、中学で孤立した頃から父も息子のことについて真剣に悩み始め、高校ではセーラー服で通うことを認めた。

その後、ツナコさんが美大に進むと、東京での一人暮らしをすることも許した。しかし、ありのままのツナコさんを周囲が受け入れてくれ、ツナコさんが一人前の大人として自立できるようになるのか心配になった。

「それで、私が上京するその日、これをくれたのよ」

ピストルを指差すツナコさん。

「父は若い頃にやんちゃしてて、今でもその筋の人たちに命を狙われるかもって心配してたね、こういうピストルを何丁か手に入れてたんだよね。税関を抜ける手口っていうのがやっぱりあるらしくて。初めて見たときはびっくりしちゃったけれど」

「ええとー」

聞き役だったさくらは、常識的ではない話に戸惑った。

「お父さんはどうしてピストルをツナコさんに渡したのですか?」

「父なりのメッセージだったんだと思う。弱い自分に打ち克《か》つようにって。変わってるでしょ」

変わっている。すこぶる、変わっている。

「それに私も、このピストルもらったときに思ったんだ。孤独だった時代、私の心には常に、ピストルがあったんだって」

ツナコさんは言った。

「弾《たま》がこめられていて、引き金を引けば誰かを殺《あや》めることもできる武器。だけどその引き金を引くのを自制するのに似た忍耐を持って、私は孤独に生きてきた。だからね、私の分身であるあのひなこ像を作品の中に置くときには、必ず心臓部分に、このピストルを忍ばせることにしているの」

「危ないじゃないですか」

「危ないよ。でもそれが当時の私の心理状態だから」

その目は、充血していた。

「私の作品を完成させるには、胸に秘めたピストルが必要なの」

やっぱり芸術家だ。言っていることがわかるようでわからない。だけどさくらはとにかく、曖昧《あいまい》にうなずくことにした。するとツナコさんは途端に悲しげな顔になった。

「でも、まさか暴発するなんて……」

「ツナコ」

そんな彼女に、ルパシカ姿の友澤さんが優しく語りかけた。

「とにかく、警察が来るまでは、このピストルは俺が預かっておくからな」

友澤さんはツナコさんと同郷で、お兄さん的な存在なのだということを思い出した。ツナコさんはゆっくりうなずいた。

＊

「まあとにかく、こういった類《たぐい》のピストルは、持っているだけで犯罪だ。署まで来てもらいます」

日置刑事は、シミのついた頬を震わせながらツナコさんに告げた。

「香蓮を死なせてしまったことについては、何か罪に問われますか？」

心配そうに訊ねるツナコさんの目に浮かぶ涙は、不安だろうか、それとも悲しみだろうか。

「それについては、今後の調べ次第だ。さあ、立って」

部下の若い刑事が、ツナコさんの腕を取って立たせようとした。心が痛いけれど、連行されるのは仕方がないだろう……と、さくらが思ったそのときだった。

「やっぱり、おかしくありませんか？」

不意に疑問が投げかけられた。一同はそちらを見る。

規制テープギリギリのところに立って腕を組み、スケルトン・キューブを見上げている、臙《えん》脂《じ》色のエプロン姿がある。ユリオだ。日置刑事が不思議そうな顔をした。

「あんた、誰だ？」

「いや、ツナコさんの友人ですけどね」

日置刑事にしれっと嘘をつきながら、ユリオは続けた。

「俺には暴発には思えないけどなあ」

「何だと？」

「だってそれ、マカロフでしょ？」

くるりとこちらに体を向ける。その臙脂色のエプロンの胸には白く《ほしがり堂》の文字。

そしてユリオは日置刑事に近づいていき、ビニールの中のピストルを指さした。

「赤みがかった茶色のグリップ。丸の中に星のマーク。一九五一年に旧ソ連で開発されて、今もロシアで使われているマカロフ拳銃でしょ。日本に密輸されるピストルの中では、たしか近年、トカレフを抜いてナンバーワンになったんじゃないですか？」

始まってしまった……。

日置刑事は怪訝《けげん》な顔。四人のデザイナーと、美術館関係者たちはきょとんとしている。

「日本の、いわゆるその筋の人たちの間でトカレフよりマカロフのほうが人気になったのにはいくつか理由があります。小さくて携行しやすい。貫通力が抑えられていて市街でのドンパチに向いている。でも、一番の魅力はその安全性ですよね。マカロフは、トカレフに比べて圧倒的に暴発が少ないんですよ」

そしてユリオは首をかしげた。

「引き金を引かずにマカロフが弾を発射するとは、俺にはやっぱり思えない」

「なぜそんなに詳しい」

「なぜって！」

今度はユリオのほうが驚いた声を上げた。

「男なら、一度はほしがるでしょピストル。俺も昔、ほしかったもん」

「ちょっと！」

さくらは慌ててその肘をつかんで引っ張った。刑事の前で「ピストルがほしい」だなんて、よく言えるものだ。

「なんだよ、さくら」

「す、すみません。私たち、関係ないので帰ります」

「ええ？　せっかく本物のマカロフをじっくり見る機会なのに？　せめて写真だけでも……」

さくらは力を込めてユリオを引っ張っていく。日置刑事は、さくらたちが出て行くまで、狂犬のような目つきで睨《にら》んでいた。

4

さくらは深海の中を泳いでいた。

魚が追いかけてくる。頭の部分が透明になって、黄色い目がぎょろぎょろしている、あのデメニギスという名の魚だ。デメニギスの目は、さくらを捉えている。捕まったら、食べられてしまう。デメニギス、デメニギス……。

耳元で、けたたましいベル音が鳴る。絶体絶命の合図だろうか。……と、目の前にはフランケンシュタインの首があった。うつぶせに寝ていたのだった。

鳴っているベル音は、フランケンシュタインの両脇にひしめきあう目覚まし時計たちの、いずれの音でもない。二段ベッドから遠く離れた位置に設置されているアンティーク電話の音だった。

時刻は九時五分。アルバイト生活とはいえ、こういう時間まで寝ていられる生活が、たまに後ろめたくもある。

下段のユリオは熟睡しているらしい。ベル音の鳴り響く中、さくらは二段ベッドから降りた。

電話までの数メートルの道のりは遠い。古本のタワーと、ブリキ玩具棚のあいだを抜け、キーホルダーのじゃらじゃら下がったハンガーと、古臭いペナントののれんを潜《くぐ》り、座っているパンダの置物をまたいで座り、韓国式茶簞笥《ちゃだんす》の上の福助人形と昭和三十年製の電気炊飯器のあいだに手をいれ、受話器を引っ張り出す。

「もしもし?」

「朝からすみません。《ほしがり堂》さんでしょうか?」

「はい、そうですが……」

こっちの電話にかかってくることは珍しい。ユリオの顧客はほとんど、ユリオの携帯にかけるか、メールをしてくるからだ。

「昨日お会いした、友澤です。ユリオさんは」

「ああすみません。妹のさくらです。兄はまだ寝てます」

「実はちょっと、昨日の件で気になることがありまして。ぜひ、ユリオさんにお会いしたく……」

もちろん、香蓮さんの事件のことに違いない。さくらもその後のことが気になっていたので会いたい。しかし……後ろを振り返ると、もう二段ベッドはモノの彼方だった。起こすのは面倒くさい。

「ええと、お昼くらいでよろしければ、連れて行きます」

「けっこうです、では十二時に——」

ユリオを叩き起こし、準備をし、自家用車替わりの軽トラを飛ばし、待ち合わせ場所のファミレスにやってきたのは、十二時十五分過ぎのことだった。

「どうも、御足労かけてすみません。あの、ユリオさん、これをどうぞ……」

「ん？……」

あくびを嚙み殺さんばかりだったユリオは、友澤さんが伊勢丹《いせたん》の紙袋から取り出したそれを見て、井戸水をかけられたかのようにシャキッとした。

「これは！」

できそこないのハンペンに目鼻をつけたような、なんとものっぺりとした顔。ゴムで出来ているのだろうか。魚の体がついている。

「ブロブフィッシュ！」

さくらは妖怪かと思ったのだけれど、オーストラリア沖に生息する実在の魚だそうだ。体のほとんどがゼラチン質でできており、海の中にいるときはまともな形をしているけれど、陸揚げすると圧力の変化でとたんに溶けたお化けのような見た目になってしまう。

「とある玩具メーカーの要請を受けて作ったサンプルなのですが、あまり世に知られていないし、何より気持ち悪いということで商品化には至らなかったんです」

「ええ？　こんなによくできているのに」

そしてユリオはテーブルに顎を乗せ、その得体の知れない魚の置物と目線を合わせ、「ほしいー……」と唸った。

「差し上げます」

「えっ？」

背筋を伸ばすユリオ。目が輝いている。こんなのがまた部屋に増えるのかと思うと、さくらはげんなりした。

「ただし、少し聞いていただきたい話が。できればこのあと、一緒に警察に行ってほしいのです。私一人でもいいのですが、あの刑事さんに話が通じるかどうか」

「行きます行きますー」

目先のブロブフィッシュに釣られ、大事なことが見えなくなっている。さくらはユリオを押さえ、身を乗り出した。

「詳しいお話を聞くまでは承諾できません」

「なんだよお前、邪魔するな」

「いいんです。さくらさんのおっしゃることはごもっともです」

友澤さんはさっ、とブロブフィッシュを脇へやり、身を乗り出した。

「まず、昨日お二人が帰ったあと判明したと刑事さんから聞いたのですが、弾は香蓮の体の左斜め四十五度から入っていました。線条痕《せんじょうこん》から、ひなこ像の中にあったピストルから発射されたものだと確定したようです。また、ひなこ像のセーラー服からも硝煙反応が出ました。それで、ピストルは安全装置を外され、かつ時限装置のようなものが仕掛けられていたのではないかと、ツナコは疑われて連行されてしまいました」

友澤さんは目を伏せる。

「そしてここからが本題ですが、実は、私の作品群から、動物が一つ盗まれていたんです」

よくわからない。ユリオは顔をしかめ、ポケットから小さなメモ帳を取り出した。

「ええと、作品群というのは、スケルトン・キューブ内の？」

うなずき、友澤さんは話し始めた。

そもそも、今回の企画展の展示準備は、昨日から数えて五日前の金曜日より、各々のデザイナーたちによって行われた。中には夜を徹して展示作業にあたるデザイナーもいるだろうと、その期間は二十四時間出入り自由になっていた。もちろん、夜間には正面入口は開いていないので、出入り口には地下駐車場の通用口を使い、常駐している警備員のチェックを受けることになっていた。

「私の作品群の設置は月曜日、つまりセレモニーの二日前には終わっていました。火曜日に最終調整に行ったときも異状はありませんでした。ところがその日の午後に会場の特別棟へ行ってみると、カエルの置物がなかったのです」

「ガラスガエルですか？」

「ご明察です」

体が透明で、内臓が見えるカエルだそうだ。ユリオはメモの上に「ガラスガエル失踪」と書き、「いつカエル？」と付け足した。さくらは肘でユリオをつつき、

「それが、ピストルの暴発と関係あるんですか？」

と友澤さんに訊ねた。

「昨日の段階ではなぜ盗まれたのかわからず、騒ぎ出してセレモニーが中止になってしまった

ら悪いと思い言わなかったのですが、あの事故があり、一晩考えたうえで確信しました」

そして友澤さんは気を落ち着かせるように、水を一口飲んだ。

「今回の私の作品のコンセプトは『透明による監視』です。透明の動物たちの中には監視カメラが内蔵されており、人間の生活の象徴である新宿のジオラマに向けられています。都市の生活はすべて、その外なる存在に監視され、透明である、というメッセージです。その画像は、すべて私のタブレットに送られるようにセットされていて、カメラは月曜日から作動させていました」

なんだかまた、話が芸術めいてきた。でもとにかく、友澤さんがずっとタブレットを持っていた理由はわかった。

「ガラスガエルからの映像は、九時半以降タブレットに送られていないことがわかりました」

「そのとき、盗まれたのか」

「ええ、そして、盗まれたカエルなのですが」

と、友澤さんは一枚の紙を差し出す。《Cキューブ》の見取り図だった。

「ここから、ジオラマを見上げるように設置されていたのです」

床の手前左端だ。それを見て、ユリオは「なるほどね」と興味深げだった。

「えっ、どういうこと?」

「よく見てみろよ、さくら。この位置のカエルから見上げる目線だと、ジオラマの背後に、《Bキューブ》と《Dキューブ》が見える」

「んー？　あっ」

さくらにもわかった。キューブが透明であるため、両方のキューブがカエルの監視カメラによって丸見えなのだ。

「誰かが、ひなこ像の中のピストルに暴発の細工をしているところを見られないように監視カメラ入りのカエルを盗んでいったってこと？」

ユリオはさくらの疑問には答えず、

「カエルの中にカメラが仕込まれていることを知っているのは？」

友澤さんに質問した。

「ツナコ、羊太郎、香蓮、九十九、それに美術館のスタッフは知っています」

その中に、犯人が……。

「ユリオさん、私はツナコとは地元が同じです。ツナコがピストルに仕掛けをして暴発をさせたとはどうしても思えません」

友澤さんは目を伏せたまま言った。

「わかります。もしツナコさんが故意に仕掛けたのだったら、ただひなこ像を設置すればいいだけのこと。カエルを盗む必要はない」

ユリオはしっかりとうなずいた。でもいったい、誰を疑っているのだろう？

「犯人がカエルを盗んだとすれば、あの場で仕掛けをしたに違いない」

とそのとき、さくらの頭の中に、アンティキティラの機械に取り付けられた鐘の音が鳴り響いた気がした。

――あの鐘の音と同時に、ひなこ像は弾を発射したのだ。

「一緒に、日置刑事のところへ行きましょう」

ユリオは渋い顔をしてそう言った。

5

《Dキューブ》のアンティキティラの機械の一部から釣り糸が発見されたのは、その日の午後のことだった。ガラスの歯車を見えなくするための特殊な油で満たされた水槽の中、歯車の一つにぐるぐると巻きつけられていたのだ。

すぐさま、関係者たちが呼ばれた。勾留《こうりゅう》中のツナコさんはいない。

「知らん、俺は知らん！」

羊太郎さんは、血相を変えて否定したけれど、どうにも分が悪い事実がひとつあった。セレモニー前日の火曜日の夜、もっとも遅く帰ったのは羊太郎さんだったのだ。

それは、警備員室に残された、出入りの記録で明らかになった。

火曜日の夜は、まず五時ぐらいからツナコさんが来ていた。その後六時半になって最終チェックのために友澤さんが来て、入れ違いにツナコさんが帰った。七時になって九十九さんが来て、七時半に友澤さんは帰った。羊太郎さんが来たのは九時すぎで、九十九さんが十一時に帰り、最終的に羊太郎さんが帰ったのは十二時半ごろだった。

「つまりあんたには、誰もいないこの空間で作業にあたる時間が、一時間半もあったということになるな」

特別展示棟へ連れてこられた羊太郎さんに、日置刑事が意地悪く詰め寄った。

「大事な最終調整があったんだ。パーティーの最中の六時に、これを作動させなければならない。事前アナウンスしていたんだから、失敗したら恥ずかしいだろう」

額に汗をびっしょり浮かべながら、羊太郎さんは弁明した。

「まあいい」

不精髭《ぶしょうひげ》の残る頬をだぶつかせ、日置刑事は笑う。

「今からあんたがしたことを、再現してみせよう」

特別展示棟には警察関係者が道具を運んできていた。《Aキューブ》の血痕は残っているが、その他は昨日とほぼ同じだ。ユリオとさくらの他には、友澤さん、羊太郎さん、九十九さん、それに美術館の横井《よこい》館長がいる。

日置刑事の部下の大谷《おおたに》という若い刑事が、発見された釣り糸と同じものをアンティキティラの歯車に結びつけた。逆の端に五十円玉を結びつけると、大谷刑事はすぐ上の《Bキューブ》で待ち受けている同僚に向かい、五十円玉を投げる。受け取った同僚は、五十円玉をハサミで切り離し、代わりに、輪になった紙を結びつけ、ひなこ像の中に設置したピストルの引き金に通した。

「もうしばらくお待ちを」

日置刑事はニヤついて、腕時計に目を落とす。アンティキティラの機械の動かし方はもう調べがついており、その時間がくるのを待っているのだ。

やがて針が二時ちょうどを指したとき、鐘が鳴り始めた。

動力機械が回り、その回転は歯車に伝わっていく。それに合わせ、釣り糸は引っ張られ、セーラー服の裾は持ち上がり、やがて、ひなこ像に仕掛けられたピストルの引き金が引かれた。

「ひっ！」

昨日聞いたのと同じ音がして、さくらは思わず肩を上げた。空包なので弾は出ない。でも、火薬の臭いはすごい。昨日はこんなに臭いがしただろうか。

アンティキティラの機械の動きはここで少し引っかかったが、やがてピストルの引き金にかかった紙が破れ、釣り糸は再び引っ張られる。そして一分後には、歯車に完全に巻きつけられ、見えなくなった。

「どうだ、完璧じゃないか。昨日は照明が暗かったというから、釣り糸は見えなかったのだろう」

もちろんこれは、ユリオが入れ知恵をして日置刑事に伝えたトリックだった。日置刑事はあたかも自分ひとりで見破ったような顔だ。

「違う、違う……」

「あんたの妻は、そこの九十九さんと浮気していたんだろう。調べはついている」

九十九さんの肩がぴくっと震える。

やはり九十九さんと香蓮さんは不倫関係にあったのだ。ツナコさんが、九十九さんと香蓮さんは「最近もいろいろあるんじゃないか」と言っていたことを、さくらは思い出していた。

「あんたは嫉妬し、やがてそれは殺意に変わり、今回の計画を立てた」

日置刑事は、羊太郎さんに対する告発を続けていた。

「火曜の夜、一人になると、あんたはまず友澤さんのカエルを盗み出し、ツナコさんの作品と自分の作品の機械に、今見たような細工をした。そして昨日、六時少し前になったら《Aキューブ》のあの位置に行くように妻に指定し、機械を動かしたんだ。そして妻が撃たれると、いの一番に《Aキューブ》に駆け上がり、介抱もそこそこに《Bキューブ》へ入ってあの像からピストルを取り出した。自然暴発に見せかけようとしたんだろうが……」

と、ユリオのほうに目をやった。

「そこの《ほしがり堂》が言ったように、マカロフは安全装置を外したとしても暴発がしにくい銃だ。な」

ユリオはあいまいにうなずいた。日置刑事は羊太郎さんのほうに顔を戻す。

「誰かが引き金を引かないことには、弾は出ない。あの機械を動かすことでしか弾は出ないんだ」

「違う！」

羊太郎さんは頭を抱えて否定する。

「香蓮と九十九のことは知っていた。だが、殺すなんて。香蓮を殺すなんて……」

「羊太郎……」

哀れむように友人を見る友澤さんに、さくらは再び、胸が痛くなった。結局彼は、自分の告白で、友人の罪を暴いたことになる。

ふとユリオを振り返る。腕を組んで首をひねっている。自分をこの企画展に呼んでくれた羊太郎さんの犯行を悲しく思っているのだろうか。

……いや、違う。あれは、疑っている顔だ。

6

《SUGIアートミュージアム》の駐車場にて、さくらは軽トラの運転席に座っている。助手席にはユリオ。その膝の上にはブロブフィッシュのフィギュア。醜いと思っていたけど、だんだん可愛らしく感じられてきた。

羊太郎さんが連行されてからすでに二時間が経過し、時刻は四時すぎ。日置刑事の命令により、一同は解散。ツナコさんもそろそろ釈放されたはずだ。

事件を解決に導いたユリオだけが、さくらに「まだ軽トラを出すな」と命じたきり、ずっと考え込んでいる。

現場検証も終わり、片付けも終わったのだろう。警察関係者が続々と入口から出てくる。警察車両が次々と引き返したのを見送ったあとで、ユリオは口を開いた。

「なあさくら、羊太郎さんが浮気のことで香蓮さんに殺意を抱いていたのは認めるとしても、どうしてあんな公衆の面前で殺さなきゃいけなかったんだ？」

「うーん……」

さくらは考えた。

「ツナコさんの犯行に見せかけるためじゃない？　香蓮さんとツナコさんの間にも不穏な空気があったし」

「自分の妻なんだから、殺す方法はいくらもあったろ。あんな、成功するかどうかも怪しいやり方でやるのは不自然だ」

たしかに、そうかもしれない。弾道が逸れたら、香蓮さんは死なない。

「もし羊太郎さん以外に犯人がいたとしたら？」

ユリオはつぶやいた。

「でも、羊太郎さん以外に誰が、香蓮さんをピストルの弾道のちょうどいい位置に、ちょうどいいタイミングで立たせられるのかな？」

「九十九さんは？　《Aキューブ》はあの人のものだから、家具との位置関係で香蓮さんに指示を出せる。それに前日、九十九さんは七時半に友澤さんが帰ってから九時すぎに羊太郎さんが来るまで、一人だった時間が一時間半もあるんだ。機械に仕掛けをする時間は十分にあったはずだろ」

「でもさあ」

さくらは言い返した。

「愛人関係にあった相手だよ？　殺したりする？」

「うーん」

唸るユリオ。

「愛情の、もつれとか」

そして、自分にもっとも不似合いな言葉を口にしたのを恥じるかのように、頭を掻いた。

「なんか、しっくりこないよなあ」

もう関わるの止めようよ、とは言い出せなかった。さくらもどこか納得できていなかったからだ。

「あー、ダメだ。さくら、お前何か、気づいたことないのか」

「気づいたことって……」

そのとき、さくらの頭にあった小さな疑問がよみがえってきた。

「火薬の臭い」

「ん？」

「さっきの実験で、火薬の臭いがすごかったでしょ。でも昨日は、そんなに火薬の臭いがしなかったような気が……」

　ユリオはブロブフィッシュから手を離し、鼻の頭をこするような仕草をした。そして少し考えたかと思うと、ぱちんと手を叩いた。

「ナイス」

「え？」

「もう一度、中に入ろう。警察は引き上げたあとだから、捜査は容易だ」

＊

　特別展示棟へ入ると、冷房の風に揺れるカーテンが寂しげだった。スケルトン・キューブの中はすっかり片付けられていた。血痕も拭《ふ》き取られた後だ。その前で、呆然と佇《たたず》んでいる一人の男性。

　ずんぐりした体型で、半袖ワイシャツのこの人は、館長の横井さんだった。

「企画展は中止ですか？」

　ユリオが話しかけると、彼は振り向き、力なくうなずいた。

「まったく、災難ですよ」

「ねえ……」

　ユリオは自分で話しかけておきながら生返事をして、ずけずけと《Cキューブ》に入っていくと、新宿のジオラマに両手をかけて、うんうん唸りながら押し始めた。

「ちょっと、何してるんですか？」

「ああ、これ、一人じゃ動かせないですねえ」

「動かさないでください。館長の私ですら、触れると怒られますから」

「ユリオ」

さくらはそんな兄の腕を引っ張って、ジオラマから離した。ユリオはきょろきょろし始める。

「一体、何、やってんの？」

「あと、何か動かせるものは……」

「動かせるもの？」

さくらの頭の中に、昨日の、ツナコさんとの会話がよみがえってきた。

——それにね、今日ここへきて作品チェックをしたとき、私の作品の机の位置が、ちょっとずれていたのよね
——それ、どういうことですか？

——変な勘繰りはしたくないんだけどさ、誰かが嫌がらせのために私の作品にいたずらしようとして、それを誰かが思いとどまらせた、みたいな光景が頭の中に浮かんじゃってさ……

「あの学校机！」

さくらが話すと、ユリオは満足そうにうなずき、へっへっへっ……と気味悪く笑いだした。

「六個あれば、十分だ」

「あの、大丈夫ですか？」

横井館長が、心配そうに訊ねてくる。たしかに傍から見ると、ただの変人だ。身内から見ても似たようなものだけど。

「館長さん！」

ユリオが突然背筋を伸ばしたので、横井館長は怯んで一歩下がりながら、「はい？」と応えた。

「この建物の外って、どうやったら行けますか？」

「外ですか？……一度外に出て、ぐるりと回ったら行けますよ」

「なるほど」

ユリオは身を翻《ひるがえ》し、出ていく。どういうことかわからなかったけど、さくらもついていく。

特別展示棟の外へは五分もかからなかった。すぐ隣に、展示品管理棟という、一般客が出入りできない建物もある。薄暗く、寂しげで、普段人が来そうな場所ではない。

展示品管理棟のすぐ脇の植え込みのあたりを、ユリオはなにやら探っている。

「ねえ、何してるの？」

「探し物……」

ほどなくしてユリオは、それを見つけた。さくらは驚いた。

「ねえ、どういうこと？」

「さくら、お前、ツナコさんの連絡先、わかるか？」

ユリオは言った。

「昨日、名刺もらったから」

「じゃあ、連絡しといてくれ」

「なんでよ」

「俺は、日置さんに連絡するから」

まったく答えになっていなかった。

7

いろいろ準備をしていたら、すっかり夜になってしまった。カーテンを締め切っている特別展示棟では、それも忘れがちになってしまう。

「ねえユリオ、本当にその格好でやるつもり?」

「ああ。だってそうじゃなきゃ、わかりにくいだろ?」

さくらの心配などどこ吹く風というように、ユリオは手に持ったピストルを弄《もてあそ》んでいる。

集まっているのは、釈放されたツナコさん、九十九さん、友澤さんだ。みんなまだユリオの推理を聞かされておらず、ツナコさん以外は、さくらと同じでユリオの衣装に閉口している。

「おい、連れてきたぞ」

入口へ通じるドアのほうから、日置刑事の声がした。手錠をされた羊太郎さんが、大谷刑事に連れられてくる。そして三人も、ユリオの格好を見ると、その歩みを止めた。

「やあ、お待ちしておりました。例の件はどうでしたか？」

「お前の言うとおりだったが……、そんなことよりなんだその格好は？」

日置刑事は、呆れと怒りの中間のような声を出す。

「昨日、本当にあったことを再現しようと思いましてね」

ユリオは、セーラー服を着ているのだ。再現ならさっきやっただろと怒鳴るかと思いきや、日置刑事は頬を震わせて笑い始めた。さっきユリオが電話で事実確認を依頼したことの結果が正しかったことにより、ユリオの推理に興味がわいてきたようだ。

「お前が着られるセーラー服なんて、よくあったな」

「私が貸したのよ」

ツナコさんが言った。ユリオは「似合うでしょ」と、足を軽快に動かす。

「おい。やるなら早くやってくれ」

九十九さんが口を尖らせた。

「すみませんでした。ではみなさん、その椅子へ。どうぞ、日置さんも羊太郎さんも、そちらにお座りください」

昨日パーティースペースになっていたところには、スケルトン・キューブを望むようにパイプ椅子が並べられている。一同は顔を見合わせつつ、腰を下ろしていく。ユリオはスケルトン・

キューブのガラスの階段を登る。さくらもその後をついていく。ユリオは《Bキューブ》へ。そしてさくらは、血が拭き取られたばかりの《Aキューブ》へ移動した。

「じゃあ、始めます。ええと、見ての通り、俺がひなこちゃん像で、えー、この椅子ですね」

ユリオはセーラー服のスカートを翻し、ひなこ像の撤去された机につく。

「ピストルなんですけど、マカロフが用意できませんで、俺のコレクションから」

スカートをたくしあげて、太ももに縛り付けてあったホルダーからピストルを取り出すユリオ。日置刑事が「おいっ！」と目の色を変えて立ち上がり、近づいてきた。

「いやいや、偽物ですよ。よく見てくださいよ、S&W《スミスアンドウエッソン》のモデル・シグマですって。モデル・シグマっていったら、アメリカの警察官が持っているやつでしょ。そんなの、日本に密輸入できると思います？」

ユリオのピストルトークは、日本の警察官も黙らせる。日置刑事は頬を震わせながら、再びパイプ椅子のほうへ戻ろうとした。

「あ、ちょっと待ってください」

その日置刑事を、ユリオは呼び止める。

「日置さん。ピストルの弾は、香蓮さんの腹に、斜め四十五度左から入っていったっていうことでしたね」

「ん？……ああ」

「あの日、ガラスの階段を登った香蓮さんは、僕たちに対してまさに斜め四十五度左を向いていた。だいたい、ソファーの前くらいでした」

ユリオは言った。

「その状況から考えて、香蓮さんは撃たれたとき、どこに立っていたと思われますか？　そこからでいいんで、うちの妹に指示して、ちょうどいい位置に立たせてもらえます？」

日置刑事はユリオの頼みに対して意外そうな顔をしていたが、さくらのほうを見上げた。

「あぁ」

さくらに「そこ、もう少し後ろ」などと指示を出し、ソファーの真ん前まで誘導する日置刑事。《Bキューブ》の机についているセーラー服姿のユリオとの位置関係を確認しながら、微調整した。

「このあたりだろう」

「どうもご苦労様でした。もう、戻ってくださって結構です」

偉そうにユリオは言った。日置刑事は首をひねりつつ戻っていく。

「それじゃあ、今から僕が、ひなこちゃん像の代わりに香蓮さん役のさくらを撃ちたいと思います」

聞いていたけど、いざとなると怖い。

「おい、動くなよ」

「ちょっと待って。痛くないよね？　痛くないよね？」

「痛くないって言ってるだろ」

ユリオはS&Wモデル・シグマのスライドを引き、さくらに狙いを定めている。そして、引き金を弾いた。とたんに、腹部に衝撃。

「いたっ！」

さくらは仰《の》け反《ぞ》り、そのままソファーにすとんとお尻を落とした。

「痛くないって言ったじゃん！」

「そう怒んなよ、BB弾だろ」

床にはBB弾が転がっている。だけど、酷い。そう思っていたら、

「あれ？」

見ていた人たちの中から声がした。九十九さんだった。

「昨日と何かが違うような……」

「気づきましたか？」

ユリオは満足げだった。

「しかし、何が違うんだろう」

九十九さんは首をひねる。何がおかしいのか思い出せない様子だった。

「ソファーと、香蓮の位置関係よ」

そんな二人に向かい、ツナコさんが説明する。

「あの日、撃たれた香蓮はすぐにはソファーには座らなかった。三、四歩よろめいてからソファーに座りこんだじゃない」

「ツナコさんは記憶力がいいですね」

そうだ。あのとき香蓮さんは撃たれた直後、三、四歩、後ずさった。でもさっきのさくらの立ち位置だと、そんな余裕はない。

「この机や椅子、そして九十九さんのソファーも、昨日と同じ位置です。ということは、香蓮さんは撃たれたとき、さっき日置さんが指定したのよりもう少し前に立っていたことになる。さくら、さっきよりもう少し前へ」

「あ、はい」

さくらは立ち上がり、日置刑事が立たせてくれた位置よりもう少し前に立った。

「いたっ!」

なんの前触れもなく、ユリオは撃ってきた。その弾は、さくらの腹部ではなく、腕に当たった。

「いきなり撃たないでよ!」

「見たでしょ? 今の位置だと、とうてい斜め四十五度から腹には弾は入らない」

一同はざわめいた。

「ということはですね、ここから導き出される結論は一つです」

ユリオは人差し指を立て、一同を見渡す。

「香蓮さんを撃った弾は、ひなこちゃんから発射されたものではない。ひなこちゃんの数十センチ前を素通りして、香蓮さんに当たったんです」

「そんな馬鹿な！」

九十九さんが大声を出して否定した。

「だってあのとき、《Bキューブ》には誰もいなかったぞ」

「ええ。ところで皆さん。これはうちの妹が気づいたことですが、昼間、日置さんが空包で実験を行ったとき、この部屋には火薬の臭いが充満していましたね」

急な話題転換に、一同は黙ってお互いの顔を見た。

「ところが昨日はそんなに火薬の臭いはしていなかった。これを聞いて俺は考えました。あのときピストルは、この建物内にはなかったんじゃないかと」

そしてユリオは、ある一点にS&Wを向けた。

「真犯人は《Bキューブ》よりさらに背後、あそこから撃ったんですよ」

一同の視線は、誘われるようにそちらへ。——それは、冷房の風でゆらゆら揺れるカーテンだった。

「窓？」

「そう。あのカーテンの向こうの窓をさっき調べました。鍵が開いていたんです。のみならず、さっき外を調べたら、すぐ隣の建物の脇に、梯子《はしご》が隠されていた。あとで回収しようとしたのかもしれませんが、さすがに警察がうようよしているうちはそんなことはできなかったのでしょう。横井さんに管理してもらっているので、日置さん、あとで調べてみてください。指紋は出ないかもしれないけれど、硝煙反応くらいなら出るんじゃないですか？」

「あ、ああ……」

日置刑事はそれだけ言った。ユリオは続ける。

「ちょうど冷房のあたる位置にあるあそこは、絶えずカーテンが揺れているから、誰も違和感を持たなかった。ただでさえ、《Aキューブ》では香蓮さんが注目を集め、《Dキューブ》では鐘が鳴っているときです。カーテンなんか見ている人、いないでしょう。香蓮さんが撃たれた直後、羊太郎さんがすぐにひなこちゃん像を検《あらた》めてピストルを出してしまったから、密室の中の暴発、もしくは仕掛けっていうことになってしまい、さらに羊太郎さん犯人説につながった。これは犯人の計算のうちで、本人はちゃーんと、狙いを定めて引き金を引いたんですよ」

うんうんとユリオはうなずき、一同を見回した。

「これで、犯人はだいぶ絞られますね。あのとき、この部屋の中にいなかった人間ということだから。ちなみに、羊太郎さんは俺のそばにいました。ツナコさんは？」

「私と一緒にいた」

さくらは手を挙げた。

「九十九さんが香蓮さんに声をかけたのは誰もが見ている。あの場にいなかったのは……」

全員の目が一点に注がれた。ルパシカのようなデザインの衣装。天然パーマの髪の毛をなでるようにこすっているのは、《Cキューブ》のデザイン主、友澤さんだ。彼はあのとき、たしかにこの場にいなかった。カメラを取りに、車に行っていたからだ。

友澤さんはせわしなく頭をこすりながら、自分に注目する周囲をおどおどと見ていた。が、やがてくすくすと笑い始めた。

「い、いやになっちゃうなあ、ユリオさん。私があのとき、外に出て行って、梯子を登って、カーテンの隙間から香蓮を撃ったっていうんですか」

「ええそうです」

ユリオは自信満々に言った。でも……。

「そのときピストルはすでにひなこ像の中にあったんでしょう?」

「ええそうよ、間違いないわ」

ツナコさんも加勢する。それに対して意見を言ったのは、ユリオではなかった。

「ピストルは、二丁あったんだ」

日置刑事が、ポケットから一枚の紙を取り出していた。

「あいつがあまりにうるさいから、神戸の警察に連絡を入れて、岡見ツナコさんの父親のところへ行ってもらった」

あいつというのはユリオのことだ。日置刑事は報告書を読み進める。

「十五年前、ツナコさんが上京する時、ツナコさんの父親は友澤はじめにも一丁、マカロフを渡している。ツナコを頼むということで」

ピストルは二丁あった。この事実は一同を騒然とさせる。

「友澤さんは火曜の夜の準備中、ツナコさんが帰った六時半から九十九さんがやってくる七時までの間、一人でここにいる時間がありましたね」

その間、カーテンの背後の窓の鍵を開け、カエルのオブジェを撤去し、アンティキティラの機械に釣り糸を巻きつけた。さらに、ひなこ像のセーラー像の服の中で空包を撃ち、硝煙反応をつけた。すべては、火曜日のうちに用意されていた。カエルからの映像が九時半以降送られていないというのも、嘘だったのだろう。

「ちょっと待ってくださいよ」

友澤さんは笑いながら、ユリオの推理を止め、揺れているカーテンを見上げる。床から三メートルくらいの高さの位置だ。

「あの窓の鍵を、どうやって開けたっていうんです？　私が準備期間中、梯子の類をここへ持ち込んだことは一度もない。警備室に訊いてみてください」

「梯子の他にも、いろいろ使えるものはあると思いますよ」

ユリオはすかさず、《Bキューブ》を指さす。ひなこ像とマネキンたちの前に、六個の学校机がある。

「あの机を、窓の下にピラミッド状に積んでいけば、窓には到達するでしょう」

「そういえば」

ツナコさんが口を開いた。

「昨日来たとき、机の位置が、ずれてたわ」

犯人が窓を開け、そこから二丁めのピストルで撃ったという説は、だんだん真実味を帯びてきている。

「あ、でも」

九十九さんが口を挟んだ。

「線条痕は、ひなこ像の中のピストルのものと一致したんだろ？　友澤が外から撃ったんだとしたら、そっちと一致しないとおかしいぞ」

ユリオは首を振った。

「よく思い出してください。羊太郎さんが取り出したピストルを預かっていたのは誰だったか」

一同は頭をひねったが、やがて同時に「あっ」と思い出したようだった。

「友澤だ」

「そのルパシカ風の衣装の中にはマカロフの一丁くらい隠せるでしょう。あなたは警察が到着する前、羊太郎さんは興奮しているからとピストルを預かり、窓の外から香蓮さんを撃つのに使ったものとすり替えたのです」

友澤さんは静かに微笑みながら首を振った。

「それはいいとしましょう、ユリオさん。ですけど、大事なことを忘れている」

「大事なこと？」

「あのとき、私にカメラを取りに行けと命じたのは、他でもない香蓮だったんです。ユリオさん、あなたが一番近くで見ていたでしょう？」

「ええ」

ユリオはうなずいた。友澤さんは立ち上がり、スケルトン・キューブのほうへ一歩踏み出す。

「彼女が言い出さなければ、私は外へ行かなかった。私が香蓮を殺すチャンスを、香蓮は自ら与えたことになる」

たしかにそうだ。ユリオ、どうするつもりだろう。

「そうですね」

ユリオは満足げにうなずいた。

「香蓮さんは自分が殺されるとは思っていなかった。友澤さんは香蓮さんに、ある計画をもちかけていたのではないですか」

「計画だって？」

「だいたいおかしいじゃないですか。いくら香蓮さんに頼まれたとはいえ、友人の羊太郎さんの作品の仕掛けが動き出すその時間に、外に出ていくなんて」

「いったい、なんの計画だというの？」

ツナコさんが訊ねると、ユリオはある人物のほうを向いた。九十九さんだ。

「彼の誕生日を祝う計画です」

「なんだってぇ？」

九十九さんは声を出した。その瞬間、さくらは見逃さなかった。友澤さんの顔の筋肉が、ぴくっと動いたのだ。

「友澤さんが香蓮さんに語った計画はこうです」

——六時少し前になったら、香蓮さんは友澤さんにカメラを取ってくるようにと大声で命じる。友澤さんは言われたとおり控え室に入り、電気のスイッチの前でスタンバイする。香蓮さんは時間を調節して階段を登って行き、友澤さんに指定されたとおりの立ち位置に立つ。六時にアンティキティラの鐘が鳴ると同時に友澤さんは電気を消す。すると《Cキューブ》の中にあらかじめ仕掛けられた照明が、香蓮さんをちょうどいい角度で照らす。一同は香蓮さんに注目する。そこで香蓮さんは、九十九さんに歌を贈る。

「しかし実際には、そんな照明は仕掛けられていなかったし、友澤さんは電気を消さなかった。外に出て建物を回り、梯子を登って窓を少し開け、カーテンの隙間から香蓮さんを撃ったんです。そうそう、このとき香蓮さんを立たせる位置についても話さなければいけませんね」

ユリオはここまで一気に語ると、さくらのほうを見た。

「さくら、香蓮さんが撃たれる直前の位置にもう一度戻ってくれ」

「もう撃たないでよ」

「撃たないよ」

ユリオはS&Wを机の上に置き、両手を挙げた。

さくらは立ち上がり、ソファーより三、四歩前に出る。

ユリオは階段を駆け降りると、《Cキューブ》の中に入り、吊り下がっている魚を指さした。

「デメニギスです」

おお、と一同から声が漏れる。それは、《Aキューブ》にいるさくらの、ちょうど真下に位置していたのだ。

「あなたは、これを目印に左斜め四十五度の角度で立つように香蓮さんに指定した。あたかも、ひなこ像から出た弾によって撃たれたように見せかけるちょうどいい位置です」

友澤さんに注がれる目。

「どうですか?」

友澤さんは言葉を探すようにキョロキョロしている。

「アンティキティラの機械に細工をしたり窓を開けたりするチャンスがあり、事件のときに外に出るチャンスがあり、かつ、香蓮さんをちょうどいい位置に立たせることのできる人は、あなたしかいないと思いますが」

ユリオはたたみかける。

「どうやらあんたの家の捜索令状を取らなければいけないようだな」

日置刑事が加勢する。友澤さんはゆっくりと首を振った。

「その必要はありませんよ」

そして彼は、セーラー服姿のユリオを見上げた。

「ユリオさん、あなたはとても頭のいい人だ。ピストル……失礼、マカロフですか。あれは、私のアトリエに隠してあります。どうぞ、お持ちください」

「確認しろ!」

日置刑事が叫ぶと、大谷刑事が走っていった。

「アンティキティラの機械を利用できたのは、ラッキーでしたね」

沈黙の中、ユリオは友澤さんに言った。

「ええ」

友澤さんはうなずく。

「刑事さんは暴発にこだわって羊太郎の作品に見向きもしないから、ユリオさんをけしかけてそれに気づかせるまではよかったが……利用する人を間違えました」

「疑問があります」

ユリオは、友澤さんに近づいていく。

「一体どうして、香蓮さんを殺し、それを羊太郎さんのせいにしようと？」

友澤さんは、ユリオの顔をしばらく見つめていたが、

「わかりませんか」

と言った。そして、《Cキューブ》の中へ入り、ユリオの隣に立ち、目線を上げた。その先には……、

「デメニギス？」

「そうですよ。ユリオさんなら知っているでしょう。この魚は深いところを潜りつつ、自分より上を泳いでいる魚を捕食する。魚影を探すために普段は目を真上に向けているんです。だから、頭部が透明なんですよ」

そうなんだ……と、さくらは妙に興味を惹《ひ》かれた。生物の体が透明なのにも意味がある。だけど友澤さんは、なぜ今こんなことを言いだしたのだろう？

するとユリオが言った。

「つまり、このデメニギスに設置されている監視カメラは、上を向いているんですか？」

友澤さんはうなずいた。

「私は、自分のタブレットに送られてきた映像を見てしまったんです。月曜日、私が帰って一時間後のことだ。《Aキューブ》の透明なソファーの上で、香蓮と九十九が抱き合っていた。香蓮と九十九の、浮気現場ですよ」

歯の間から搾り出すような声だった。

「……ずっと、香蓮のことを見ていたんだ」

みな、絶句した。

「ツナコは顔をしかめるかもしれないが、香蓮はあれで、優しいところがあって。私はそこに惹かれ、何度か食事にも誘ったんだ。しかし、思い切って告白したときには『お友達でいましょう』と断られてしまってね。そのとき交際していた九十九には、嫉妬したものだよ」

寂しげに笑う友澤さん。

「その後も私は、香蓮への想いを止められなかった。香蓮は九十九と別れ、羊太郎と結婚すると聞いた。悔しくなかったと言えばうそになる。だが羊太郎なら、羊太郎が彼女と結婚するなら、身を引ける。二人の幸せを心から祈れる。そう自分に言い聞かせてきたんだ。だが……」

その目は、羊太郎さんに向けられた。

「香蓮は別れたはずの九十九と浮気をした。香蓮も憎かったし、香蓮の気持ちをつなぎ止めておけなかった羊太郎にも腹が立った。そして私はいつまでたっても部外者だ。もう嫌になりました。誰も幸せじゃないこんな結婚は、初めからなかったほうがよかったんだ。……監視カメラの映像を見る私の脳裏には、香蓮を、羊太郎が殺すというシナリオが浮かんできたのです」

人の気持ちというのは、複雑だ。ずっと想い続けていた人が絡んでくると、もう自分でもわからなくなってくるのかもしれない。

「四つのスケルトン・キューブには、それを可能にする状況がそろいすぎるほどそろっていた。わざわざ、一度ツナコに疑いを向けさせるという方法は、我ながら回りくどかったかもしれないと、反省していますがね」

友澤さんは腰に手を当て、ゆっくりと顔を上げる。

「見たくなかった……」

ため息を吐くように言う彼の目の先には、デメニギス。

「頭が透明なんて、変な魚だよ、まったく。私みたいな人間には、他人の恋愛事情なんて、不透明なくらいがちょうどいいのに」

ユリオはそんな彼の横に並んで、同じ魚を見上げる。

「友澤さんの仕事の精度が高すぎただけですよ」

そして、友澤さんの顔に視線を戻す。

「大事にしますよ、ブロブフィッシュ」

せめてもの救いだとでも言いたげに、友澤さんは口元をほころばせた。

ウサギの天使が呼んでいる

1

「いるー？」

玄関のほうから聞こえてきた女性の無遠慮な声で、深町《ふかまち》さくらは目が覚めた。

「わーこれ、相変わらずとんでもないな」

モノがあふれている廊下を通り、リビングへ入ってくる声の主。さくらは身を起こす。二段ベッドの上段なので、半身を起こすと頭頂部は天井すれすれだ。枕元に乱雑に並ぶ目覚まし時計の針はそろって、八時半を指している。

「まだ寝てんの、このバカ兄妹《きょうだい》は」

「起きてますよ」

さくらはぼやきながら梯子《はしご》を降りていく。

ユリオがどこかの劇団からもらってきた、舞台の大道具だったという豪奢《ごうしゃ》な一人掛けソファーに、彼女は座っていた。黒いキャップに黒いシャツ。白いカーディガンの前を合わせ、タイトジーンズに包んだ細い足を組み、腰の横にはオリーブ色のケリーバッグを置いていた。髪の毛は長く、鼻が高い美形女子。

「一階のオートロックの鍵、どうやって開けたんですか？」

「ゴミ出しから戻る人と一緒に入ってきたのよ。オートロックなんていってもそんなもんだから、玄関の鍵は閉めておかなきゃだめでしょ。まあ、こんな部屋、取るもんなんて何もないだろうけど。そんなことより、起きてないじゃないの、バカ兄貴は」

振り返ると、二段ベッドの下段では、アイマスクに、どこにもつながっていないBOSEのヘッドホンを装着したユリオが、Tシャツの胸の上で手を組んだまま寝息を立てている。さくらはヘッドホンを無理やり外し、

「ユリオ、紗耶香《さやか》さんだよ」

と言いながら肩を揺り動かした。

「八時半に寝てられるなんて、いい身分ねー」

あきれ顔の彼女は、春溝《はるみぞ》紗耶香さん、三十二歳。うらら書房、企画出版部の編集者だ。うらら書房はもともと、絵本や育児書の出版社だったけれど、数年前にダイエット本のヒットを出してから様々な分野に進出しはじめた。紗耶香さんの担当はムック本。こんなの誰が読むのかしらと首をかしげたくなるテーマで本を作るのが得意で、ダチョウやラクダなどの大型動物を個人飼育している家を特集したものなんかはそこそこ売れたらしい。本を作るにあたって、文章部分の仕事のいくつかは、ユリオに回ってくる。だからこうしてこの部屋に乗り込んでくる

こともしばしばあるのだった。

さくらがユリオの部屋に居候《いそうろう》するようになって数か月。こんなにごちゃごちゃした部屋に同居しているため、今ではすっかり紗耶香さんに「バカ兄妹」呼ばわりされるようになってしまった。

「何かの原稿の〆切ですか?」

さくらが訊ねると、

「いや、新しい仕事。ほら早く起こして」

「ふゃーあー」

年寄りの猫のような声を出して、ユリオが上半身を起こした。ひどい寝癖だ。

「なんだ、紗耶香さんか」

「おっはよ!」

紗耶香さんはケリーバッグから二冊のムック本を取り出して重ねると、ソファーからユリオのそばへ移動し、その頭を叩いた。

「いやー、この本、怒られた怒られた」

二冊のうち一冊をユリオに見せる。ユリオは枕元のアフリカ人形の持つ壺の中からメガネを取り、その表紙を見た。

『未解決誘拐事件・決定版』。

関東近郊で起こった誘拐事件のうち、まだ誘拐された子どもが見つかっていない未解決事件をピックアップして詳録《しょうろく》した本だ。関係者への配慮がなされていないなどの投書が相次ぎ、作った本人である紗耶香さんは上の人に呼び出されて怒られてしまったのだという。

「だから挽回《ばんかい》って意味で、前に作ったこれの第二弾の企画を通したわけ」

『突撃！　となりのゴミ屋敷』。

これも半年前に紗耶香さんが作った、首都圏のゴミ屋敷ばかりを集めた変わった本だ。ゴミ屋敷を〈規模〉〈臭気〉〈芸術性〉〈ヌシの個性〉などの観点から勝手に採点し、一位を決めるというわけのわからないコンセプトで、ユリオも何軒か取材に引っ張り出され、本職のフリーライターとしての仕事をこなしたはずだった。これは意外と人気で、反響も大きかったという。世の中の人の評価って、よくわからない。

「またゴミ屋敷、やですよー」

「何言ってんの、こんなゴミ屋敷みたいな部屋に住んで」

睡眠に戻ろうとしていたユリオは、ぱっと跳ね起きた。

「これのどこがゴミ屋敷ですか。コレクター屋敷と呼んでほしいな。なあ、さくら」

同意を求められてもさくらは首を縦に振りがたい。正直なところ、ゴミ屋敷と大差ないとさくらも思っている。

「ほんとにバカ兄妹ね。ユリオあんた、赤いつなぎを着て、ハート形の風船でも肩につけておきなさいよ」

世代を感じさせる悪口を言いながら、ケリーバッグの中に手を入れる紗耶香さん。今度は、タブレットPCが出てきた。

「野方《のがた》にわりとヤバいのがあるっていう情報メールが、読者から来たんだわ」

「野方？」

「そう、近いでしょ。世の中には結構あるもんだね、ゴミ屋敷。ほら、写真も添付されてる」

画面に映し出されたのは、青い屋根の庭付きの平屋だった。ブロック塀じゃなくて生垣《いけがき》なのだけれど、植物は枯れてしまい、竹で作られた柵もぼろぼろに崩れてしまって、中が丸見えだ。庭にはそこらじゅうに自転車だのハンガーだのの金属ごみと、白いビニール袋が山のように積まれている。どこから拾ってきたのか、一メートルくらいの小型のクリスマスツリーがあって、ウサギの顔をした天使のぬいぐるみがぶら下がっているのがやけに目に付いた。縁側《えんがわ》から中の様子も窺えるけれど、足の踏み場もなさそうだ。

「勝手に人の家撮《と》って、大丈夫なんですか？」

ユリオは顔をしかめるが、「ネットにアップしなきゃ問題ないって」と紗耶香さんは一向に取り合わない。

「今からここに行って、ヌシに話を聞こう」

紗耶香さんはゴミ屋敷の主人のことを「ヌシ」と言う。間違ってはいないけれど、柔らかな悪意を感じる。

それにしてもこのゴミ屋敷。せっかくの仕事だけれど、ユリオは嫌そうだ。前に埼玉のゴミ屋敷に行ったときには、ずっと臭いが染みついている気がする、と三日たっても服とエプロンを洗濯していた。これでけっこう神経質なところがあるから、今回は、ひょっとしたらパスするかもな……とさくらが思っていたら、

「ん、んん？」

ユリオは首をカメのように伸ばし、メガネを指で押し上げた。画面を人差し指と親指で広げるようにして、一部をアップにする。

「これは！」

「どうしたの？」

ゴミ屋敷の縁側に面したガラス窓の向こうに、古びた、白くて大きな金属製の箱がある。ビルに設置されている空調システムの操作盤を思わせるけれど、謎の取っ手と、横長のガラス窓がついている。

「何これ？　古い冷蔵庫？」

紗耶香さんが訊くと、ユリオは顔を上げ、首を振った。

「いい線いってますけどね、違います」

微笑《ほほえ》んでいる。ユリオにとって何か価値のあるものなのだろう。

「一体何なの？」

「東芝《とうしば》が開発した、国産初の電子レンジですよ」

「電子レンジぃ？」「これが？」

さくらと紗耶香さんは、同時に声を上げた。電子レンジといえば、冷蔵庫の上にでも置いて

おけるコンパクトさが売りのはず。こんなに大きなものが台所にあっては、邪魔臭くて仕方がない。

「一般に売り出されたのはたしか、昭和三十六年。翌年からは国鉄の食堂車にも導入されて、昭和三十九年の東海道《とうかいどう》新幹線開業当初から、ビュッフェにはこれが載せられていたんですよ」

本当に、わけのわからないことをユリオはよく知っている。そして、こういうことになると、寝起きのくせによくしゃべる。

「ほしい……」

始まってしまった。

「紗耶香さん。これ、引き取れないですかね」

「はあ？　こんなの、何がいいのよ」

「古き良き時代の技術の粋《すい》ですよ。それに、古い家電を集めている人が世の中にはいるんです。いくらくらいの相場になるのかわからないけれど、状態によっては高く売れるかもしれない」

「ふーん、そんなものかね……ま、ヌシっていうのは往々にして、屋敷の物を持っていかれることを嫌がる習性があるからね。あんたの交渉次第じゃないの？」

「ヌシ相手か。腕が鳴るぜ」

取引相手との交渉はユリオの得意技であり、趣味でもあり、生きがいでもある。

でも、国産初の電子レンジっていったって……こんなに大きなもの、引き取れたとしてもどこに保管しておくの？　さくらはそこまで考えて、嫌な予感がした。こんなに大きなものを引き取るとなると、確実にトラックが必要だ。ユリオは免許を持っていない。

「じゃあさくら、トラック回しといて」

「ちょ、ちょっと待って。これ、使ってるかもしれないじゃん」

「使ってるわけないだろ」

ユリオはすでに出発の準備に取り掛かろうとしている。

「どこの誰が、庭に電子レンジの取り出し口を向けておくんだよ」

返す言葉が見つからなかった。

2

「鍋島《なべしま》のゴミ野郎だろ！」

そのお爺さんは、いきなり真っ赤になって怒り出した。

「迷惑も考えず、周囲に臭気をまき散らしてな。うちのチロは、あのゴミの臭いに参って死んじまったんだ！」

箒《ほうき》をアスファルトに叩きつけ、今にも踏み壊さんばかりの勢いだ。黒いシャツに茶色いダウンベスト。背はさくらと同じくらいだ。

二人の住んでいるマンションから野方までは、ほんの十五分ほどだった。軽トラを運転してきたのはもちろんさくら。助手席には紗耶香さんが乗り、ユリオはブルーシートにくるまって荷台に乗ってきた。手ごろなパーキングにトラックを停め、歩きはじめたはいいけれど、場所がよくわからない。するとはき掃除をしているお爺さんを見かけたので、道を訊ねたら、この剣幕だ。

「あの、私たちは、場所を訊きたいだけなんですけれど」

「うちのすぐ裏だ。臭うだろうが」

そういえば、少し臭い気もする。

「四年前の夏から突然、近所のゴミ捨て場のゴミを持ち帰るようになった。うちのチロはな、今年の夏、あの臭いで死んじまったんだから。あんたら、役所の人間か。さっさとゴミを取っ払って、鍋島もついでに追い出してくれ」

怒り狂うお爺さんを残し、逃げるようにその場を去る。突き当りを右に曲がると、すぐにゴミ屋敷は見つかった。玄関へ通じる入口脇の表札には、「鍋島」とある。

「うっ、これはひどい」

さくらは袖で鼻を覆った。臭い。生ごみなんて生易しいものではない。金属すらも腐ってしまったのではないかと思われるような臭気だった。壊れた生垣の中は、写真で見たのよりももっとひどかった。壊れたプラスチックケース、魔法瓶、ハンガー、ペットボトル、古い雑誌、傘、ブルーシート、その他大量のゴミ袋、それに、一メートルくらいのクリスマスツリー。

……違和感があるけれど、なぜだかわからない。

「何度見ても、慣れないわね、ゴミ屋敷は」

「おおっ、あれは」

鼻をつまみながらも楽しげな紗耶香さんの横で、ユリオはガラス戸の向こうに巨大電子レンジを見つけた。

「ちょっと待て、その向こうに見えるもの……俺の目が正しければ、ボース・ホーンじゃないか？　紗耶香さん、早く行きましょう」

ユリオの気は逸《はや》っていた。トートバッグの中から取り出したものを、顔に装着する。

「……ちょっと何よそれ」

「マスクですよ」

たしかに、鼻と口を覆うマスクだ。ただし、フォルムが物々しい。灰色のプラスチック製で、口に当たる部分にはステレオのような網状の部品。それを挟むように、どら焼きくらいある丸い部品が二つ。毒ガス部隊のマスクの口元部分だけを引っこ抜いてきたような代物だった。

「最近北《ペ》京《キン》じゃ大気汚染が深刻で、こういう高性能のマスクが一般市民向けに売り出されているんですよ。ほしいって思ったんでネットで買ったんです。ほら、二人の分も」

トートバッグから取り出されたそれを、さくらも一応、装着する。プラスチックの臭いがきついと感じたけれど、ゴミ屋敷の臭いよりはましだ。

「あんたたちね、こんなのつけちゃダメだって」

紗耶香さんはマスクを固辞した。

「なんでですか」

「ヌシに失礼でしょ。話を聞きに来た相手がこんな物々しいマスクをしてきたらどう思う？『あんたの家、公害だよ』って言ってるようなもんでしょ。話が聞けなきゃ、原稿が書けない。原稿が書けなきゃ、本が出ない」

たしかにそうだ。ユリオは眉毛を八の字にして抗議したが、これは紗耶香さんに分があるだろう。

と、そのときだった。

「あれぇ、すみません」

さくらたち三人を見て近づいてくる二人組があった。五十代半ばくらいの小柄なおじさんと、四十歳くらいの浅黒い、短髪の男性。二人とも作業着だけれど、明らかに同じ職場で働いている雰囲気ではない。おじさんのほうは洗い立てのようにきれいなクリーム色。首には役所の身分証明書のようなものが入ったプラスチックケースを下げている。短髪のほうが着ている作業着は、胸ポケットのあたりに《モシマ鉄工所》というロゴの入った、かなり汚れた紺色のものだ。首にはくたびれたタオルを巻き、まくった袖から見える腕には筋肉が盛り上がっている。

声をかけてきたのはクリーム色のおじさんのほうだ。

「清掃業者の方ですかぁ？」

「あ、いえいえ、こういう者です」

ユリオはエプロンのポケットから名刺を取り出し、二人に配る。続いて紗耶香さんも名刺を配る。名刺を持っていないさくらは軽く頭を下げるだけ。

「出版社の方と、フリーライター……、いったい、なぜ？」

「こちらのヌシ……鍋島さんに、こうなってしまったいきさつをお伺いしようかと思いましてね」

「雑誌か何かですか？」

「ええ、まあ」

紗耶香さんが言葉を濁すと、

「どうだろう。鍋島さん、話を聞いてくれるかな」

おじさんは《モシマ鉄工所》の男性を振り返る。男性は苦笑いを返した。

「あの、お二人は？」

「申し遅れました、私は区役所の公害苦情担当の石和《いさわ》といいましてね、こちらは、鍋島さんの幼なじみの室谷《むろや》さんですね」

おじさんは自己紹介をした。

「実は鍋島さんのお宅の、このお荷物について、地域の住民の皆さんから苦情が出てましてね、ここ一か月ほど、鍋島さんに整理をしてもらおうと、ずっと交渉をしてきたんです」

しかしながら鍋島という主人は、敷地内にあるものは全部自分の「財産」だと言い張り、処分を拒み続けてきた。困り果てた石和さんは、鍋島さんの親族をあたることにしたのだそうだ。

「こういったお宅の居住者さんというのは、頑固な方が多くて、私どもの通り一遍の説得ではなかなか動いてもらえないんですが、役所と親族の方が一緒に行くと、『仕方ないか』という雰囲気になることが多いんです。しかし鍋島さんには親族がおらず……それとなく友達はいないのかと訊くと室谷さんの名前が出たのです。それでわらをもつかむ思いで、室谷さんに連絡を取り、ご協力をお願いし、午前中の仕事を休んできてもらったんですよ」

「なるほどね」

紗耶香さんがうなずくと、

「石和さん、こちらのお三方にも一緒に入ってもらうのはどうですか？」

室谷さんが突然言った。なんとなく追い返されるかと思っていたので、さくらは意外だった。

「しかし、人数が多いと警戒されることも」

「清掃業者のふりをしてもらうのはどうでしょう？　幼なじみって言っても、四つも離れているし、私も疎遠《そえん》にしてましたしね。もう掃除の人も来ちゃっているから仕方ない、っていうことにすれば」

「それは少し強引なような」

「少しくらい強引に押さなきゃ、納得しませんよ。近隣の皆さんも、迷惑してるでしょうし、とっとと話をつけて片付けの手はずを整えてしまいましょう」

鍋島さんに話をつけるだけではなく、そのあとの撤去作業にまで前向きな室谷さんの言葉に、石和さんも動かされたようだった。三人はなんだかんだで利用されることになってしまった。

ゴミ屋敷のゴミが撤去されたらムック本的にはまずいんじゃないのと思ったけれど、家の中にスムーズに入れることに、紗耶香さんはむしろ喜んでいるようだ。

「では、参りましょう」

先頭に立ってブロック塀についている鉄の扉を開けたのは石和さん。ゴミの中をかろうじて続いている細道を歩き出し、玄関の戸を叩いた。インターホンは壊れているとのことだった。

「鍋島さん、区役所の石和です。鍋島さん!」

中に聞こえるくらいの声を出すと、引き戸を開けた。鍵はかかっていなかった。

「ノリちゃん、俺だ。入るよ」

室谷さんが声を出す。そして石和さんを促し、入っていった。

中もひどい。玄関には油にまみれたような段ボールが積んであり、靴箱の上にはなぜかテニスボールと、壊れたラケットが大量に積んであった。廊下にも再び、ゴミ袋の山。壊れたガラスケースの中に、くすんだドレスを着たフランス人形が倒れているけれど、これはユリオの気を引かなかったようだった。

「一応、スリッパがありますので」

室谷さんが三人に言いながら、靴を脱ぐ。……靴、脱がなきゃいけないの? さくらはもう引き返したくなっている。

全員スリッパを履き、ゴミ袋の中を泳ぐように中へ。まっすぐ進んだ突き当りの部屋の中にシンクと蛇口《じゃぐち》が見える。キッチンだ。石和さんと室谷さんはそこへ向かっていくけれど、三番手を行くユリオは玄関を上がってすぐ右手の、半分開いたふすまから中へ入っていった。

「ユリオ、勝手に入ったら……うはっ」

とがめようとしたさくらはコードのようなものにつまずいてゴミ袋の上に倒れ込んでしまった。口に入りこんでくる臭気。やっぱりあのマスクをしときゃよかった。北京の大気汚染なんて可愛いものだ。

「うわお」

紗耶香さんの声が聞こえた。ユリオに続いてふすまの部屋に入ったようだった。さくらも無《む》我夢中《がむちゅう》で立ち上がり、ふすまの隙間から中へ入り込む。

「あれ？」

意外だ、というのがさくらの第一印象だった。

きれいなのだ。ビニール袋やビニールシートの類《たぐい》はまったくない。だが、そこはゴミ屋敷。洗濯機、冷蔵庫、テレビ、その他、電化製品がぎっしりと並んでいる。

「粗大ごみ置き場？」

「何を言ってるんだ！」

さくらはユリオに、怒気混じり興奮混じりで叱られた。

「素晴らしいコレクション部屋だよ。ほら、見てくれ、これ」

ユリオが紗耶香さんとさくらに突き出してくるのは、世にも奇妙な電話機だった。鼠色で、ダイヤル式。一昔前はボタンではなくダイヤルを回して電話をかけていたことは、さくらだって知っている。だけどこの電話機、真ん中に横たわる受話器を挟んで、まったく同じダイヤルが二つついているのだ。まるで、妖怪の二口女《ふたくちおんな》みたいに。

「これはな、日東《にっとう》通信機が昭和三十年代後半に売り出した、ペアーダイヤル方式電話機、その名も『ボース・ホーン』だよ」

「なんでダイヤルが二つ?」

「たとえば、ホテルのフロントに置くとする。どうなる?」

「どうなる、って?」

「電話機をひっくり返すことなくフロントマンも客もかけられるだろうが」

便利……なのかな。ピンと来ない。

「こんなの本でしか見たことないよ。感動するなー。いや、これだけじゃない。そこにあるのはコロムビアの真空管テレビ。扇風機に、電気缶切り機に、アイスクリームフリーザー。わお! 早川《はやかわ》電機工業時代のシャープの洗濯機じゃないか。まだ手回し脱水機がついてるー!」

興奮するユリオを見て、紗耶香さんは嬉し笑い寄りの苦笑いだ。とにかくユリオにとっては正真正銘、宝の山なのだろう。これ全部ほしいって言い出したらどうしよう……。さくらは頭を抱えたくなる。

「わあ、こんなところにナショナル炊飯器《すいはんき》が」

ユリオは洗濯機の中から炊飯器を取り出していた。

「これはね、『ポン!とボタンを押すだけで坊やでもおいしいご飯が炊《た》けます!』ってフレーズで売り出されたんだよ。炊けてたりして」

とふたを開け、中をのぞき、「あれ……」と固まった。

「炊けてるの？」

紗耶香さんとさくらもそれをのぞき込んで首をかしげる。中に入っていたのは、ホカホカご飯などではなく……大量のSu·icaだった。JR東日本で使われるプリペイドカードだ。

「なんでSu·ica？　しかもこんなに」

十枚ずつ輪ゴムで束にされている。ざっと見て数十束あるだろうか。これだけあれば電車もバスも乗り放題。チャージされていればの話だけれど。ユリオも紗耶香さんも首をひねっていたけれど、さくらはそのミスマッチが少し面白かった。たしかに、宝探しの感覚に似ている。

そういえば、あの国産初の電子レンジにも取っ手が付いていたはずだ。近づいてみる。取っ手を引けば開きそうだった。

勝手に開けるのはヌシに対して失礼だというのはよくわかっている。だけど、ユリオのはしゃぎっぷりにさくらの好奇心もかき立てられていた。さくらは取っ手を握り、開けてみた。中には……金属製のこまごましたものがあった。

「かわいい」

それは、クッキーを作るときに使う型だった。丸、星、ハートに、馬とかウサギとかの動物型もある。これもコレクションの一部だろうか？

「うわあぁっ！」

「おおおっ！」

奥で、石和さんと室谷さんの叫び声が聞こえたのは、そのときだった。

どうしたの、どうしたの……と思っていると、がたがたと二人がゴミだらけの廊下を駆けてくる音がして、ふすまの隙間から部屋に入り込んできた。二人とも、顔面蒼白だった。

「……死んでる」

石和さんが言った。

「風呂場で、鍋島さんが死んでるんです」

3

鍋島典文《のりふみ》さんは四十三歳、独身。十一年前に父親を亡くして一人になったとき、この家を相続した。当時は家電メーカーに勤めており、自由に使える給料で、趣味の古い家電集めをしていたという。ところが七年前にリストラに遭って職を失い、再就職はしていない。無職になってからは家電集めもやめ、車も売り払い、苦しい生活をしていたようだが、プライドの高いところもあって人を頼ろうとはせず、そのうち室谷さんとも疎遠になっていった。

——ここまでの事情は、室谷さんが刑事に語ったのを横で聞いていて知った。

「最後にお会いになったのはいつです？」

新井《あらい》署からやってきた下平《しもひら》という刑事が聴取を続ける。七三分けに多少白髪《しらが》の交じった、やせ形の男性だった。年齢は四十代半ば、若い頃はかなり格好良かったんじゃないだろうか。

「五年くらい前だったと思います」

室谷さんが答える。石和さんはその隣で足元をじっと見ている。

「家のほうは、その頃から、こんな状態だったのですか」

下平刑事はゴミ屋敷を振り返った。さすがに中で事情聴取というわけにはいかないので、五人は外に出てきて話を聞かれているのだ。中には鑑識の人や司法警察員が入っている。

「いえ。五年前は整理されていました。ゴミを集めはじめたのは、あれは……」

「四年前の夏、って言ってた」

口を挟んだのは、紗耶香さんだった。下平刑事がこちらをぎろりと見る。

「あんた方は今日、初めてここへ来たと言いませんでしたかな?」

「さっき裏のお爺さんに聞いたんですよ」

そういえばあのダウンベストのお爺さん、そんなことを言っていたかも。

「あなた方にはあとで話を聞きますので」

下平刑事は再び、室谷さんに向きなおった。

「鍋島さんがゴミを集め始めた理由はわかりますか?」

「さあ。ただ昔から、追い込まれると心配しなくてもいいことまで不安になる性格だったので。収入がなくなって、物がなくなっていくことが怖くなったのかもしれません」

「あー、それありえる」

また紗耶香さんが口を挟んだ。

「あんたね」

「私はね、何軒もこういうゴミ屋敷を回って、ヌシの話を聞いてきたからわかるんです。そうそう。ヌシっていうのは常に、物が自分から離れていっちゃう不安にさいなまれているんですよ」

紗耶香さんは下平刑事を遮《さえぎ》り、「ヌシ」という言葉に何の注釈も加えずに勝手に自説を並べ、うんうんとうなずくと、

「あんたもそう思うでしょ」

とユリオを振り返った。

「うーん。俺は、鍋島さんは他のヌシとは違う気がするんですよね」

「なんでよ」

「たしかにゴミをなんでも集めてきちゃうのはヌシっぽいんだけど、コレクション部屋はコレクション部屋でしっかりしている。あの部屋には、他のゴミ屋敷にはない哲学がある気がする」

「何言ってんのよ、臭い哲学」

「そんなことより下平さん」

ユリオはゴミ屋敷論を切り上げ、下平刑事を「さん付け」で呼んだ。

「中の電化製品コレクション、どうなっちゃうんですか?」

「ん?」

刑事は少し考えた後、

「それは……まあ、捜査の区切りがついた時点で、行政にお任せすることになるでしょう」

と、石和さんを見る。石和さんは「ええ」とうなずいたあとで、

「周辺の住民から苦情が出ておりますので、早急にゴミとして処分ということに」

「処分？　それは困る！」

ユリオの目の色が変わった。

「あの電化製品たちは大変価値のあるものなんです。俺に引き取らせてください」

「そういうことは、致しかねます……」

「なんなんだ、君は、静かにしなさい」

ユリオはわめきはじめた。そのとき、玄関から頭の禿《は》げあがった長身の男性が出てきた。

「下平さん」

この男性は司法警察員だと、先ほど下平刑事が言っていた。変死体が発見されたらすぐに現場を訪れ、死因や、死亡推定時刻を究明する警察職員のことだ。

室谷さんと石和さんが鍋島さんの死体を発見したのは、キッチンの左手にあるバスルームだった。ユリオ、紗耶香さん、さくらの三人も、二人が警察に電話をしている間、奥へ行って一応確認した。バスルームのドアから汚いズボンを穿《は》いた足が見えているのが確認できただけだ。

死体なんてそんなにじっくり見たいものではないから、腰より上は見ていない。

「ホトケさんのポケットにこんなものが」

司法警察員が下平刑事に渡したビニール袋の中には、一枚のSu・icaがあった。まただ。

「ん？」

刑事は顔をしかめる。

「こんな家に住んでいる無職の人間がSu・icaを。不自然だな」

「あ、そういえば」

三たび、紗耶香さんが口を挟んだ。

「中の、炊飯器の中にも、大量のSu・icaがあったけれど」

「静かにしなさいと言っただろう」

下平刑事は顔をしかめるが、紗耶香さんは口を止めない。

「あんなに大量のSu・ica、見たことないって。盗品かもよ。調べたほうがいいんじゃないの？」

「……む」

たしかにそうだと思い直したのか、下平刑事はそばにいた部下を呼び寄せ、炊飯器の中を確認してSu・icaを調べるように命じた。

「下平さん、もう一ついいですか」

司法警察員が言う。

「遺体におかしな点があるんですよ。死因は扼殺《やくさつ》に間違いありません。首にはっきりと、手袋をはめた手で絞められた跡があります。死亡推定時刻は昨夜の午後十時から午前二時の間です」

「おかしな点、とは？」

「左の頬に、不思議な傷がついているんです。こう、ウサギの顔の形のような」

その言葉に、さくらははっとした。

「なんだ、それは？」

「ええ。実は被害者の体の周りには、金属製のクッキーの型が撒《ま》かれていたのです。それによって、死後、つけられたものであると判断されます。かなり強い力で血がにじむほど押し付けられているので、男性によるものでしょう」

「男性はいいんだが、なんでそんなことをする必要がある？」

「わかりません。そしてもう一つ不思議なことに、死体の周りからは十一個のクッキーの型が発見されましたが、その中に、ウサギの顔の形のものが一つもないんです」

二人は顔を見合わせ、首をひねっている。石和さん、室谷さん、紗耶香さんにユリオも、同じだ。……これは、やっぱり、言わなきゃだめだろう。

「あのー」

さくらは控えめに手を挙げた。下平刑事が今度はお前かとでも言いたげに、睨《にら》みつけるような目を向けてくる。

「私、知ってます。そのウサギの型が、どこにあるか」

4

その後、事態は急展開した。

さくらの証言によって、東芝の国産初の電子レンジの中から十二個一セットのクッキーの型が発見され、その中の一つのウサギの型は、詳しい検査をしてみるまでもなく、死体の左の頬に付けられたものと同じだと判断された。

それと同時に、聞き込みを終えた下平刑事の部下が、裏に住む白野《しらの》という老人が怪しいのではないかと言ってきた。彼は今年の夏に飼っていた老犬を亡くし、それがゴミ屋敷の臭気のせいだと触れ回っていた。

「よし、その老人を重要参考人として連行するんだ。頬のウサギの傷の理由は、どうせそのうちわかるだろう」

いい加減ゴミ屋敷にうんざりしてきたであろう下平刑事は乱暴にも思える口調で言った。

さくらたちは住所と連絡先を訊かれたうえで、「ご協力、感謝します」と解散させられた。

「石和さん、考え直してくださいませんか?」

今や事件現場となってしまったゴミ屋敷から離れつつ、ユリオは石和さんに懇願《こんがん》しはじめた。

まだあきらめていないのだ。

「せめて、電子レンジだけでも」

「うーん、しかしねえ。鍋島さんには親族もいないというじゃないですか。親族の方からの要請があれば別ですが、まったく見ず知らずの人が引き取ると言ってもねえ」

石和さんは難色を示す。ユリオもうあきらめよう、と言おうとしたそのとき、

「私も、少し考え直したほうがいいかと思います」

室谷さんがユリオに加勢するようなことを言った。

「……いや、ほら、よく考えたらあの屋敷のゴミの中には、価値のあるものもあるかもしれない。全部ゴミとして処理するのではなく、一つ一つ袋の中を調べてみてからでも遅くないでしょう」

なんだか、さっきまでと真逆の発言だ。

「どうしたんですか、突然そんなことを言って」

「それが、鍋島の遺志であるような気がしましてね……」

顔を伏せる室谷さん。ユリオも「そうだそうだ」と言うが、結局石和さんは首を縦に振らず、区役所に戻ると言って去っていった。室谷さんはその後ろ姿を残念そうに見送っていたけれど、

「私は、車を向こうに停めていますので」と、三人に頭を下げ、行ってしまった。

さくらたちも、軽トラの停めてあるパーキングへ向かうことにする。

「あーあ、変なことに巻き込まれちゃったわね」

紗耶香さんは頭の後ろに手を回し、「しょうがないから別のゴミ屋敷に取材に行きますか」

と提案してきた。

「まだゴミ屋敷、あるんですか?」

さくらが訊ねると、

「うーん。あと、町田《まちだ》のほうに一軒と、所沢《ところざわ》に一軒」

遠い。遠いよ。どうせ軽トラを運転させられるのはさくらだ。いや、そんなに遠いなら二人には電車で行ってもらおう。そんなことを考えていたら、

「行きませんよ」

ユリオが不満げに言った。

「は? なんでよ」

「昭和の高度経済成長を支えた電化製品たちがただの粗大ゴミになってしまうなど。絶対に避けねばならない。こうなったら事件を解決して警察に恩を売り、あの電化製品たちを引き取るしかない」

とんでもないことを宣言したかと思うと、

「大量のSuica、頬にウサギの傷……? 面白いじゃないか」

と、うなずいた。そしてくるりと振り向き、さくらの顔を指さした。

「おい、さくら。聞き込みだ」

「えっ?」

「周辺を聞き込み捜査するぞ」

「聞き込みったって、たぶん下平さんの部下の人が聞いて回ってるよ。バレたら怒られるって」

「まずはコンビニを探せ」

たしなめなどに耳を貸さず、ユリオは早歩きで進んでいく。なんでコンビニ？　止めてくれるかと思いきや紗耶香さんは「なんか面白そう」とにやけ顔だ。まったくもう……。

数十メートル歩いた住宅地の角を曲がると、すぐにコンビニが見つかった。

「ええ、鍋島さん、死んじゃったんでしょ？　さっき、刑事さんが来たわよ。怖いわねー」

レジのおばちゃんは言った。胸のネームプレートには「店長・太田《おおた》君枝《きみえ》」とある。ユリオは「取材の者です」と至極曖昧《しごくあいまい》な自己紹介をして情報を集めようとした。太田さんは特に気にも留めていない。昼前でお客さんもあまりいないので、時間をもて余しているのだろう。

「鍋島さんはよくこのコンビニに来ていたのですか？」

「ええ、三、四日に一度くらいね。お弁当とかカップラーメンとか、食べ物を一気に買っていくわ。ねえ、なんで死んじゃったの？　詳しいことは教えてもらってないんだけど、あれ、殺人じゃない？じゃなきゃ、刑事があんな怖い顔して聞きに来ないもの」

「支払いはSuicaで？」

質問に答えず、ユリオはレジ越しに身を乗り出す。太田さんは一瞬不思議そうな顔をしたが、

「よく知ってるわね」とうなずいた。

「そう。毎回Suicaで支払うのよ。あの人、何の仕事をしてるかもわからないけど、あんな汚い格好で電車に乗るでもないでしょ？」

一体ユリオは何を訊いてるんだろう。それより、何か買わないと悪いなと、さくらはレジ周りを見回す。ガムかフリスクでも。

「現金では一度もないんですね？」

「そうねえ。おうちがゴミ屋敷になっちゃってからはずっとね。ここ四年くらいかしら」

「なるほど。ありがとうございます」

ガムを物色していると、ユリオは勝手に頭を下げて自動ドアのほうへ向かう。

「ねえ、鍋島さん、なんで死んだのよーう？」

太田さんの声を背中に受けながら、紗耶香さんとさくらもユリオに続く。

「ちょっと説明しなさいよユリオ。なんなの？」

紗耶香さんの言葉に耳も傾けず、ユリオは「さくら」と呼んだ。

「駅はどっちだ？」

「駅？　えーと、あっちだと思うけど」

その後十分くらい歩いて、西武新宿線《せいぶしんじゅく》の野方駅にたどり着いた。ユリオはすぐさま駅員さんを捕まえた。

「すみませんが、この駅によくチャージにくるホームレス風の男性がいませんか」

駅員さんは怪訝《けげん》そうな顔をした。

「そんな人、見たことはありませんが」

「いつもこの時間帯に勤務されているんですか？」

「いえ。夜の時もあれば、早朝の時も。しかし、ホームレス風の男性がチャージにくるのは見たことがないですね」

その後、他の二人の駅員さんにもユリオは同じ質問をした。返ってきた答えはみな同じだった。

「ねえねえ、そろそろ説明してくれない？」

駅を離れて歩きながら、紗耶香さんが訊ねる。ユリオは難しい顔をしたまま答えない。

「鍋島さんは、Su·icaをどこでチャージしてるんだろう？」

さくらは頭に浮かんだ疑問を、ユリオに聞こえるように独《ひと》り言《ごと》風に口にした。ユリオは立ち止まった。

「いや、それよりももっと大きな謎がある」

「え？」

「どうして、千枚近くのSu·icaを持っている必要があったんだ？」

……ユリオ、いつのまにSu·icaの数、数えていたの？

5

ジェノベーゼのパスタを口に運ぶと、オリーブオイルとバジルの絶妙な風味が口内に広がった。ゴミ屋敷の臭気が体に染みついてしまっているのではないかと少し不安だったけれど、周りの反応をうかがう限り、心配はいらないようだ。イタリア料理店というのは、意外と多くの匂いが入り混じっているものだ。

「もう一杯飲んでいい？」

顔を真っ赤にした紗耶香さんがユリオに訊ねていた。ユリオはドリアを口に運びながら首をかしげる。

「いいよね？」

「ライターが飲んでないのに、編集者が昼間から飲むってどういうことですか」

「これ、もういっぱーい」

ワインの追加注文をすませた紗耶香さんは、少し赤くなった目をユリオの顔に向ける。

「どう？　もうあきらめて町田のヌシに会いに行くことに決めた？」

まだ懲りていないみたいだ。

ユリオは難しげな顔をして、ピザを口に運び、ゆっくり咀嚼《そしやく》してから言った。

「千枚近くのSuicaを、彼はどうして持っていたのか。失業して金もそんなになかったはずなのに。かつ、それをコンビニでの支払いに使っていた」

「現金が嫌いだったのかな」

さくらは何の気なしに言う。紗耶香さんが少し残っていたグラスのワインを飲み干し、へへっと笑った。

「何よそれ。現金が嫌いな人なんている？」

「お釣りを受け取るのが嫌だったんじゃないですか？」

さくらは少し考えて答えた。

「なんで？」

「潔癖症だったとか。ほら、お釣り受け取るときに必ず人の手を触らなきゃいけないじゃないですか」

「そんな人間が他人のゴミを家に持ち帰るわけないでしょうが」

そりゃそうだ。でもたぶん、お金、それもお札が嫌いだったというのはいい線いっていると思う。さくらはもう一つ説をひねり出した。

「じゃあたとえば、文学賞に何度も落ちていて、樋口一葉《ひぐちいちよう》にコンプレックスを持っていたとか」

けっこう本気の説だったけれど、紗耶香さんには爆笑された。

「なんで五千円札限定なのよ、バカ兄妹ね。さくらちゃんには黄色いつなぎ買ってあげるわ。ユリオのこと『あんちゃん』って呼ぶんだからね」

「いや」

紗耶香さんの毒舌を、ユリオが遮った。

「さくらの言っていることはそんなに的外れでもないと思うんだ。鍋島は現金を使いたくなかった。でも、どうしてSuicaだったんだ。クレジットカードじゃなく……」

「あれ、大量だったよね。全部に満額チャージしてあるのかな？」

「ん？」

ユリオはさくらの顔に視線を移した。

「Su·icaの上限チャージ額っていくらなんだ？」

「たしか、二万円」

「もし満額だとしたら、千枚で二千万円」

ぶっ、と紗耶香さんが噴き出す。

「無理無理。あの貧乏人に二千万なんて」

「相当の額……で、現金を使いたくなかった。銀行にも預けたくなかった……あっ」

ユリオは驚いたような顔をして姿勢を正した。

「どうしたのよ」

「紗耶香さん、あの本、見せてください」

「ゴミ屋敷の第一弾？」

「そっちじゃなくて、誘拐のほう」

紗耶香さんは怪訝な顔をしながらケリーバッグを手繰《たぐ》り寄せ、『未解決誘拐事件・決定版』を出した。

「怒られた私への当てつけのつもり？」

文句を言う紗耶香さんの前で、ユリオはピザの皿をどけ、その本のページをものすごい勢いで繰り始めた。

「……これだ」

ユリオの手が止まったのは、「杉並区《すぎなみ》・桐棟加奈子《きりむねかなこ》ちゃん誘拐事件」のところだった。日付は四年前の五月。桐棟加奈子ちゃんという当時五歳の女の子が遊びに行ったきり帰ってこず、午後六時になって犯人から身代金の要求があった。銀行の役員である祖父によってすぐに現金が用意された。受け渡しは杉並区内の公園のゴミ箱だった。

一家は犯人の「警察に通報したら加奈子ちゃんをすぐに殺す」という脅迫を真に受け、受け渡しまで警察には電話をしなかった。現金を盗《と》られたあとに、加奈子ちゃんが帰ってこず、犯人との連絡も取れなくなって初めて、警察は事件のことを知らされた。加奈子ちゃんの父親は祖父と同じ銀行の融資《ゆうし》担当であり、当時何件かの中小企業の融資を打ち切っていた。それによって倒産した会社もいくつかあったため、怨恨《えんこん》の線で捜査が進められた。しかし、証拠の少なさから捜査は難航、結局、事件は迷宮入りをしてしまった。

「ぴったりだ」

ユリオはその概要のある個所を指さした。——身代金額、二千万円。

「まさかー」

紗耶香さんは笑う。

……と、さくらの目はあるイラストに引き付けられた。加奈子ちゃんの失踪当日の服装を描いたものだ。髪の毛をピンクの玉が二つ付いたゴムで結び、丸襟《まるえり》の赤い水玉のシャツ、紺色ひざ丈のスカートに白いソックス、タッセルのついた茶色いローファー。そして黄色いカバンに、ぬいぐるみが一つ、ぶら下がっているのだ。青いワンピースを着たウサギ。天使のように背中に羽が生えているのが見える。

「これ、見たことある」

「え？」

「紗耶香さん、タブレット貸してください」

「なんなのよこの兄妹は。私のカバンの中を全部ぶちまける気？」

さくらは紗耶香さんのタブレットを受け取ると、鍋島さんの家の写真を映し出し、一部を拡大した。

「ほら」

枝のぼろぼろのクリスマスツリーに、ウサギの顔の天使がぶら下がっている。

「うわ、本当だ」

紗耶香さんとユリオは声を揃える。

「でもおかしいな。さっき行ったとき、これ、なかったと思うよ。クリスマスツリーはあったんだけど」

するとユリオはぱちんと手を叩いた。その顔は輝いていた。

「妹よ、それは本当だな？」

「……うん」

ムック本を閉じ、紗耶香さんに返すユリオ。そして、残ったピザの一切れをぐるぐると春巻きのように巻きはじめる。

同時に紗耶香さんのグラスワインが来た。さっそく口をつけようとする紗耶香さんの手から、ユリオはグラスを奪い取った。

「わっ、何するの？」

「紗耶香さん、これ以上飲んじゃだめですよ」

「なんでよ」

「これから、紗耶香さんの罪滅ぼしの時間です」

まるまったピザを、ユリオは一気に口の中に押し込むと、エプロンのポケットからスマートフォンを取り出した。

6

午後二時。

さくらの運転する軽トラがやってきていたのは、町田のゴミ屋敷でも所沢のゴミ屋敷でもない。杉並区永福《えいふく》、桐棟家の前だった。白い壁に囲まれた、豪邸だった。お祖父《じい》さんが銀行の重役だと言っていたのをさくらは思い出す。都内にこんな広い家。別世界だ。

門の近くには一台のパトカーが停まっていた。さくらはその背後にゆっくりと軽トラを近づけていく。

「やーあ。しばらくです」

軽トラを降りたユリオは、パトカーから出てきたその刑事に軽く挨拶《あいさつ》した。さくらもぺこりと頭を下げた。

「しばらくじゃねえよ」

ブルドッグのように頰についた肉をだぶつかせながら悪態をつくこの人は、日置《ひおき》刑事という。杉並南署の刑事さんで、以前、美術館で起きた事件のときに顔を合わせており、ユリオのおかげで事件を解決に導いたという過去があるのだった。

「ユリオお前、加奈子ちゃん事件を解決するなんて、嘘じゃねえんだろうな?」

「嘘じゃないですよ」

ユリオは《ほしがり堂》のエプロンを外して畳み、トラックの中に置いた。

「そんなに嫌そうな顔、しないでください。事件解決につながる情報がある方はご協力をお願いします、って、警視庁のホームページに書いてありましたよ」

ちっ、と舌打ちをする日置刑事。

ユリオは彼に紗耶香さんを紹介したが、警察のミスをまとめたようなムック本を作る編集者に、刑事がいい顔をするわけがない。紗耶香さんのほうも、若い男にしか興味ないわとでも言いたげな顔だ。

「じゃ、鳴らします」

ユリオは言うと、チャイムを鳴らした。

〈はい……〉

すぐに女性の声がした。ユリオは日置刑事に「対応して」というサインを送る。日置刑事は舌打ちをしそうな顔のまま、声を作った。

「杉並南署の日置です」

〈あ、ああ、ええ……〉

戸惑っているような声。ほどなくして玄関が開く。

「あ、あの……」

長い髪が顔の前にほつれている。かなりやせ形の、白いセーターを着た女の人だった。加奈子ちゃんの母親で、名前は不二子《ふじこ》さんと言うそうだ。その顔は蒼白だった。

「事件について進展がありまして」

「えっ。そうですか。えっ、あ、はい」

不二子さんは挙動不審だ。見知らぬ三人の姿を見て慌てているのではなさそうだ。

「あの、上がらせてもらってもいいですか?」

ユリオが無遠慮に口を挟む。

「ええと、ええ。あ、どうぞ」

中も豪華だった。廊下にも絨毯《じゅうたん》が敷かれており、どうやって掃除をするんだろうとさくらの頭に雑念がよぎる。突き当りがリビングになっているらしく、不二子さんの足はそっちに向かっているようだった。不二子さんのあとには、日置刑事、ユリオ、さくら、紗耶香さんの順で続いていく。

「あの」

階段の脇を通るとき、ユリオが立ち止まって口を開いた。

「加奈子ちゃんのお部屋は、上ですか？」

「えっ？……ええ、まあ」

不意を突かれて振り返った不二子さんが、思わずといったように返事をする。

「見せてもらってもいいですか？」

「ええと、あの、それは……」

「お願いしますっ！」

ユリオの声を号令として、さくらは紗耶香さんと共に階段を駆け上る。失礼とはわかっているけれど、しょうがない。

「あっ、困ります」

後ろから不二子さんが叫ぶ声が聞こえた頃、さくらはすでに二階にいた。ドアがたくさん。右手に三つ、突き当りに一つ、左手に三つ。

「さくらちゃんは、左ね」

「はい！」

まずは一番近いドアから。……ここは、バスルーム。二階にバスルームがあるなんて、贅沢《ぜいたく》な……と思いつつ、二つ目のドア。ここは、書斎。三つ目のドア。ここは、寝室。

「ここだ！」

どこかで紗耶香さんの声が聞こえた。振り返ると、右後ろのドアが開いていた。

「やめてください」

その部屋に不二子さんが駆け込み、日置刑事とユリオが続く。さくらは一番最後だった。

カーテンが閉め切ってあるので、部屋は薄暗い。学習机に、百科事典の並ぶ本棚、タンス、ベッド。どう見ても女の子の部屋だ。ベッド脇の棚にはぬいぐるみがたくさん並んでいる。

「あったよ」

紗耶香さんは学習机の前にいた。その手には、――ウサギの顔をした、青いワンピースの天使があった。

不二子さんが、膝からくずおれる。

「桐棟不二子さん、あれは昨晩、お兄さんが持ってきたのではないですか？」

ユリオの顔を振り返る不二子さん。日置刑事だけがついていけず、それでも一生懸命ついていこうと顔をしかめて状況を見守っていた。

「なぜ……」

むせぶような声で、不二子さんは訊いた。

「なぜ知っているのです？　兄は……、兄は一体、何を？」

「加奈子ちゃんを誘拐した犯人を、その手で殺害したのです」

ユリオは告げる。一瞬の後、不二子さんは「ああ、ああ……」と呻きながら、手で顔を覆って泣き出した。

7

ゴミ屋敷の臭気も、二回目ともなると慣れてきた……こんなのに慣れてしまうのはよくない。

さくらは中国の大気汚染対応マスクを装着する。

「おい、何をしに来たんだ？」

ユリオとさくらを見つけた下平刑事が近づいてきて言った。

「下平さん、このゴミ袋、片づけちゃうつもりですか？」

質問には答えず、ユリオは訊ねる。

「ああ……近隣の迷惑を考えるとな」

「少し、考え直したほうがいいかもしれないですよ」

「何？」

下平刑事はユリオの顔を睨みつける。

「片づけるにしても、ちゃんとゴミ袋の中身を、確認してからのほうがいいのでは」

「まさか」

冗談だろと言いたげに笑う下平刑事。これだけ大量のゴミ袋、普通はいちいち中を確認して片づけなんかしていられない。

だけど、さくらが真顔であるのを見て、下平刑事はユリオが真剣に言っていることを悟ったようだった。

「犯人と動機が、わかったんですよ」

下平刑事は眉根を寄せる。

「犯人が鍋島さんを殺してしまったのは、とある衝動によるものだったのでしょう。ところが、殺してしまってから重大なミスを自分が犯してしまったことに気付いた」

「ミス？」

「このゴミ屋敷に隠された秘密です。苦肉の策として、キッチンかどこかで見つけたクッキーの型で、遺体の頬に跡をつけた。これがまた、第二の大きなミスだったのですが」

「何を言っているんだ、まったく」

下平刑事はつきあっていられないとでも言いたげに首を振って、ゴミ屋敷の中へ戻ろうとする。

「あの千枚近くのSuicaですが、チャージした駅はいちいち違う場所だったのではないですか？」

その声に、下平刑事の足は止まる。振り返った刑事に対して、ユリオはさらに畳みかけた。

「チャージした時期は古いものでも四年より前のものはないはず。どうですか？」

「かなりの数だから全ては調べきれていないがな。……だが、なぜ知っている？」

「やっぱりか。おかしなことを考えたものだなあ」

「気味が悪い。一体、何を言ってるんだ？」

「さくら、例のものを」

　さくらはトートバッグからムック本を一冊取り出した。――『未解決誘拐事件・決定版』。さくらは付箋《ふせん》を付けたページを開き、下平刑事に見せた。「杉並区・桐棟加奈子ちゃん誘拐事件」。

「覚えています？」

「ああ。四年前の事件だ。私は当時、別の署にいたが、捜査には協力した。しかしこれが一体なんだというんだ？」

「見てください。身代金が二千万、キャッシュでごっそり持っていかれています」

「警察が無能だというのか？」

「違います。金額がぴったりなんです」

「ぴったり？」

「Su·ica一枚にチャージできる金額は二万円。千枚だとちょうど二千万になります」

　下平刑事は目を一度大きくした。

「……鍋島が、加奈子ちゃん誘拐犯の真犯人だとでもいうのか？」

「そのとおり。二千万をキャッシュでせしめたまではよかったが、中には何枚か新札が交じっていたのでしょう。ひょっとしたらナンバーを全部控えられ、お金の動きやすい機関には手が回っているのかもしれないと、鍋島は急に臆病になった。銀行に預ければすぐに足がつく。大手のスーパーや、ひょっとしたらコンビニも安心できない。しかしタンス預金をしていたら、万が一、警察がやってきたとき金が見つかるかもしれないから現金はすぐに手放してしまいたい。追い詰められたら心配しなくていいことまで不安になる彼は、考えあぐねた末、普通じゃとても考えられない、奇妙なことを実行したのです」

「奇妙なこと?」

「全額、Suicaにチャージして、その後の生活費にすることとです」

とはいえ、一駅で何枚も購入していたら怪しまれる。彼は必死で東京近郊の駅を回り、Suicaを買ってはチャージしまくった。もちろん、買ったところを監視カメラに写されてもいいように、変装をして。

「ばかばかしい。何か証拠でもあるというのか」

「これです」

さくらは、ムック本の一か所を指さした。加奈子ちゃんが失踪した当日の服装のイラストだった。黄色のカバンに、ウサギの天使の人形がぶら下がっている。

「これは?」

「加奈子ちゃんのお母さんが作ったものだそうですが」

さくらはタブレットを取り出し、画像を拡大した。紗耶香さんが情報提供者から送ってもらった、このゴミ屋敷の写真だ。庭先のクリスマスツリーに、たしかに天使の人形がぶら下がっている。

「まさか……」

下平刑事の顔色がみるみるうちに変わっていく。

「犯人はこれを見たとき、加奈子ちゃん誘拐事件の全貌を知った。そして鍋島を問い詰めた。鍋島が罪を告白したかどうかは知りません。とにかく逆上した犯人が風呂場まで追い詰めた鍋島を絞め殺してしまったことは間違いありません。ところが」

ユリオは一歩、下平刑事の前へ歩み出た。

「先ほども言った通り、犯人は彼を殺してしまった直後、このゴミ屋敷に隠された秘密と、自分の犯したミスに気づいてしまったんですよ」

「ゴミ屋敷の秘密というのは、まさか……」

下平刑事はゴミ屋敷を振り返った。その秘密が何なのか、彼にもわかったようだった。さくらは目を伏せる。ユリオの気づいた秘密は、あまりにも辛《つら》いものだったからだ。

「加奈子ちゃんの死体が隠されているということか」

ユリオがうなずくと、下平刑事はため息をつき、頭を振った。

「これだけのゴミ屋敷だ。たしかに死体を隠すには好都合だが、ひどいことをするもんだ」

「いや下平さん。まだわかっていないようですね」

下平刑事は、このユリオの発言に眉根を寄せた。ユリオは説明を重ねる。

「鍋島がゴミを集め始めたのは四年前の夏。加奈子ちゃんが誘拐された少し後です。鍋島はゴミ屋敷に死体を隠したんじゃない。死体を隠すために家をゴミ屋敷にしたんですよ」

「馬鹿な」

首を振る下平刑事。

「そんなことをするより、死体を車で山にでも運んで埋めたほうがいいだろう。彼は免許は持っている」

「鍋島だってそうしたかったかもしれない。だけど車は手放してしまっていたし、レンタカーを借りようにも、現金を使うのは怖くてできなかった。それに、もしどこかに埋めても誰かに発見されてしまうかもしれない。臆病な彼のことですから、そういう心配にさいなまれたのでしょう」

「だからといって、死体なんか手元に置いておけば、腐って臭いがとんでもないことに……」

ここまで言って刑事は「そうか」と自分で納得した。臭いなんて、この事件に初めからずっとつきまとっていたものだ。

ユリオは続ける。

「だいたいコレクション部屋があるなんて、ゴミ屋敷らしくない。必死でゴミ屋敷を作ろうとしていたんだから当然です」

「臭い哲学ってやつだな」

下平刑事は口元に寂しい笑いを浮かべる。ユリオはうなずいた。

「下平さん。鍋島が死体をゴミ屋敷に隠したもう一つの理由があるのはわかりますか？」

「もう一つの理由？」

「死体の処分です。鍋島はいずれ、集めたゴミを、死体も含めて区役所の指定した業者に撤去してもらうつもりだったんですよ」

「何だって？」

「考えてもみてください。何年間もためた大量のゴミを処分するとき、業者がいちいちゴミ袋の中身をチェックしてから運びますか？」

「いや……」

ユリオの言ったことは、またさくらを暗い気持ちにさせる。ユリオもそれを悟ったのか、わざと感情をなくしたような声で続けた。

「誰かに掘り起こされる心配もない、腐臭を気にされる心配もない、数年我慢すれば行政が単なるゴミとして焼却所へ運んでくれる。考えてみればこんなに効率的な死体の隠匿《いんとく》と処理の方法はありません。鍋島という男は存外、頭がよかったのかもしれません」

しばらく、何とも言えない沈黙が流れた。それを破ったのは再び、ユリオだった。

「真犯人も、鍋島を殺した後にそれに気づいたのです。自分で死体を探そうにも、どこから手を付けていいかわからず、どれだけ時間がかかるかわからず、その間に誰かに気づかれてしまうかもしれない。だけどこのままにしておいたら、行政によって死体は他のゴミとともに処分されてしまう。それをやめさせるには警察にすべてを話すしかないが、それには、自分が殺人犯であることを告白しなければならない。……真犯人はこの状況を打開する唯一の方法を考えたんです。それが、死体の頰に特徴的な傷をつけて、その道具を持ち去ることだったんですよ」

「どういうことだ？」

「誰が見ても不審で、しかも特徴的な傷がついていれば、警察はその傷が何によってつけられたのか探さざるを得ないでしょう。このゴミの山の中、袋を一つ一つ開けてね」

「しかし道具は見つからず、代わりに加奈子ちゃんの遺体が見つかるというわけか」

「ええ。犯人は、キッチンに置いてあったクッキーの型を見つけた。ウサギの型を選んだのは、加奈子ちゃんのぬいぐるみが頭の隅にあったからかもしれませんね。とにかくそれで頰に傷をつけ、持ち去った。警察はそのウサギの型を血眼《ちまなこ》になって探すはずだった。ところが……」

ユリオはさくらを振り返った。

「私が、見つけちゃったんです」

まさか、同じクッキーの型のセットが二つあるとは思わなかった。犯人だって知らなかったに違いない。

「警察はあれを頰に傷をつけた道具と判断。再びこのゴミ袋が開けられる可能性は閉ざされてしまったわけです」

下平刑事はふぅーと息を吐いた。

「さっき科学班から、クッキーの型から血液反応が出ないと報告があって首をひねっていたところだ。……それで、犯人は、誰なんだ？」

下平刑事が訊ねると、ユリオは首をすくめた。

「事件発覚前にはゴミの撤去にやる気満々だったはずが、ウサギの型が発見されてから、急に消極的になった人物がいませんか?」

「ん?……そういえば君たちを解散させた後、あの人が戻ってきて訊いたな。警察は、このゴミ屋敷のゴミをひとつひとつ調べはしないのか……と」

下平刑事は口に手を当てた。そんな刑事に向け、ユリオは「もう一つ」と人差し指を立てた。

「誘拐された桐棟加奈子ちゃんのお母さんですが、旧姓は『室谷』というそうです」

ユリオの前にゆっくりと歩いて出てくる影がある。紗耶香さんだ。その手には、真っ赤な花束が握られていた。紗耶香さんはそれを、ゴミ屋敷の生垣のところへ添えた。

さくらはもう一度、そのゴミ屋敷を眺める。黄昏《たそがれ》の中臭気を放つ、主を失ったゴミ屋敷は、なんとももの悲しく感じられた。

「下平さん。ゴミ袋、一つ一つ、丁寧《ていねい》にお願いします」

紗耶香さんはそう言って頭を下げる。ユリオとさくらも同じように頭を下げる。下平刑事は何かを考えるような沈黙の後、

「ああ。任せなさい」

それだけ答えてくれた。

8

一週間後、ユリオとさくらは紗耶香さんと共にファミリーレストランに来ていた。

「野方・ゴミ屋敷殺人事件」は「杉並区・桐棟加奈子ちゃん誘拐事件」と関連付けて捜査が行われることになったらしく、その結果は日置刑事を通じてユリオとさくらのもとに入ってきていた。

――室谷精一《せいいち》さんは、亡くなった桐棟加奈子ちゃんのお母さん、不二子さんの兄だった。姪《めい》である加奈子ちゃんをとてもかわいがっており、誘拐事件のときには心配で永福の屋敷に詰めていた。身代金受け渡しが失敗し、加奈子ちゃんが帰ってこないことで心を病《や》んでしまった妹に自らも心を痛めていた。

事件から四年が経ったある日、中野《なかの》区の公害苦情窓口から連絡を受けた。幼なじみの鍋島典文の家がゴミ屋敷になっており、近隣から苦情が出ている。なんとか説得を手伝ってくれないかと。懐かしい名前に思わずうなずいてしまったが、ゴミ屋敷とは穏やかではないと、役所の石和さんと約束した日の前日の夜中にこっそり下見に出かけた。想像以上のゴミ屋敷に驚いた室谷さんはふと、ゴミの中のクリスマスツリーに、見覚えのあるウサギの天使のぬいぐるみを見つけてしまった。なぜこんなところに……と考えた室谷さんは、思い出した。五年前にこの家を訪れたとき、妹の不二子さんが銀行員と結婚し、娘までいるということを鍋島さんに話していたのだ。久々に話したいなという鍋島さんに、室谷さんは不二子さんの嫁《とつ》ぎ先の連絡先を教えていた。

その電話番号を使い、鍋島さんは誘拐事件を起こしたのだ。事件が起こった当時、警察は融資関係の怨恨の線で捜査を進めていたため、不二子さんの遙か昔の知り合いである鍋島さんになど、疑いの目を向けもしなかった。

鍋島さんの犯した大罪。それに気づけなかったことへの罪悪感と悔恨。

車のトランクには仕事で使う軍手がたくさん入っていた。室谷さんはそれを携《たずさ》え、中へ入った。そして、証拠を摑んでもみ合いとなり……、あとはユリオの推理したとおりだった。室谷さんは、クリスマスツリーにぶら下がっていたウサギの天使を、弔《とむら》いの意味を込めて永福の桐棟の家へ持っていき、妹に渡した。どこで見つけたのかと問いただす妹に向かい「俺が持ってきたことは秘密にしておくんだ。そうすれば近いうちに加奈子は見つかる」と言い残し、家へ帰った。

ユリオの推理を聞いた下平刑事は、室谷さんの勤め先である《モシマ鉄工所》を訪れ、任意同行を求めた。そして事情聴取が始まってすぐに、自供を始めたという。このまま加奈子ちゃんの遺体がゴミとして処理されてしまうくらいなら、自首したほうがいいのではないかと考えつつあるところだったと言っていたらしい。

鍋島さんの家のゴミ袋は、警察によって一つ一つ丁寧に開かれ、加奈子ちゃんの遺体は発見された。四年越しのお葬式が行われ、さくらも、ユリオと紗耶香さんと共に参加した。

「やっぱり一つだけ、わからないことがある」

ユリオはドリンクバーのウーロン茶を置き、難しい顔をして言った。

「何よ」

「鍋島はどうして、加奈子ちゃんの天使の人形を、庭のクリスマスツリーなんて目立つところにぶら下げていたんだろう？」

……たしかにそうだ。加奈子ちゃんの死体を隠したいなら、天使をそんな目立つところに飾っておくなんていうことはしないはず。

「加奈子ちゃんが、かけさせたとか」

紗耶香さんが言った。

「伯父さんを呼ぶために」

そんなオカルト……と、さくらは笑い飛ばすことはできなかった。室谷さんは供述で「天使の人形を見たとき、加奈子に呼ばれている気がしたんだ」と言っていたらしい。

ユリオも神妙な顔。

「なーんてね。そんな辛気《しんき》臭《くさ》い顔しないの」

わざと茶化《ちゃか》すように言う紗耶香さん。でも、さくらは知っている。先日行われた加奈子ちゃんのお葬式のとき、紗耶香さんが顔を伏せて涙を流していたのを。

「加奈子ちゃん事件解決のご褒美《ほうび》として、ユリオには、これを進ぜよう」

紗耶香さんは椅子の上に置いてあった段ボール箱をテーブルに載せ、中身を取り出す。

「おおっ」「わあ」

ユリオとさくらは声をそろえる。出てきたのは、ボース・ホーン。ゴミ屋敷にあったのとは色違いの藤色だ。

「どうしたんですか、これ?」

「取材先でもらったのよ。昔経営していたホテルに置いてあったんだって。とっておいてもしかたないからって聞いて、もらってきた。あんたにあげるわ」

「うぉー!」

場所も関係なく、ユリオは叫ぶ。鍋島家にあった電化製品の山は一度警察に押収されたうえで中野区の所有物になり、ネットオークションにかけられてゴミの撤去の費用に充てられることになった。ユリオはそれには入札しないことを宣言している。取引相手と交渉しないなんてつまらない、とユリオは言ったけれど、さくらはもう一つの理由があることを知っている。ほしがりがほしがらないことは、黙禱《もくとう》に等しいのだ。

「ユリオ。そのホテル、廃墟になってるんだけどさ、ゴミ屋敷あきらめて、廃墟にしようかと思うんだ」

紗耶香さんはニヤニヤと笑いながらハウスワインを飲む。

「ただの廃墟コレクションじゃ、他の出版社でもやってるからさ。体操選手とコラボしようかと。『実録・廃墟で三点倒立』っていうの」

「いいですねー、売れそう」

売れるわけないじゃんという言葉を、さくらは飲み込んだ。

「あんた、同行しなさいよ」

「するする。廃墟で、めぼしいもの見つかるかもしれないし。な、さくら」

さくらはもう、トラックでついていくことになっていた。……反省したかと思ったら。

ハウスワインで乾杯をする二人を見ながらさくらは、赤と黄色のおそろいのつなぎはこの二人にこそ似合うんじゃないかと、心の底から思った。


本作はフィクションですが、家電の知識については『続・懐かしくて新しい昭和レトロ家電――増田コレクション【カタログ編】』（増田健一／山川出版社／二〇一四年）を参考にさせていただきました。

琥珀の心臓《ハート》を盗《と》ったのは

1

オルメカ文明は、紀元前千二百年ごろに現在のメキシコに栄えた、記録に残るアメリカ大陸最古の文明である。オルメカとはナワトル語で「ゴムの地の人」という意味。ゴムの樹液の採取の他、トウモロコシやカボチャをはじめとするさまざまな作物を栽培しており、その必要性から、一年を三百六十五日とするきわめて正確な暦を使っていた。また、この文明は、巨大な人頭の像を残したことでも有名である。最大のもので四十トンもの重量をもつこれらの像がなぜ作られたのか、その目的は二十一世紀になった今日でも謎であり、かつてここに息づいた人々の神秘性を高めている。

深町《ふかまち》さくらはその「オルメカの巨石人頭像」を台車の上に載せて運んでいた。もちろん本物ではなく、直径はせいぜい一メートルほど。重さも四十トンどころか三十キロもないだろうけれど……まったく、なんで月曜の朝の九時からこんなことをしていなければならないのか。

「さくら、あんまりがたがたやると落ちるから気を付けろよ」

巨石人頭像の頭を手で押さえながら同じスピードで歩いているユリオが言った。いつものように、胸に《ほしがり堂》と白く書かれた臙脂《えんじ》色のエプロンを身にまとっている。

「わかってるって」

「よし、いったんストーップ」

ユリオはさくらに命じると、《立川《たちかわ》ふくふく園》と書かれたガラスの扉を両手で押し開けた。

ゆっくりと台車を押していく。入ってすぐ脇の白壁に、なぜかマジックで鳥の絵が描かれていた。玄関の土間には車椅子用のスロープが設《しつら》えられている。すぐ正面には受付窓があり、「住居棟→」「食堂・憩《いこ》いルーム←」というプラスチック板の表示が壁に貼られていた。

受付の中には誰もいない。

「すみませーん」

ユリオが大声を出すと、食堂・憩いルームのほうから、デニムシャツを着た四十代半ばの男性が現れ、巨石人頭像を見て「うわ」と目を剝《む》いた。次いで、背中の曲がった小柄な老婆がちょこちょこついてくる。

「こちらの101号室にお住まいの……」

「柏崎《かしわざき》さんでしょう」

ユリオが言う前に、男性は言った。首から提《さ》げられたプラスチックケースに入った名札には「園長・組田《くみた》信夫《のぶお》」と書かれている。

「また、こんな大きなものを買って……」

常識的に考えて、老人ホームの入居者が買うような物じゃない。

「もう、今日は朝からいろいろあるもんだ」

「まあまあ、としえちゃん……」

小さなお婆ちゃんがさくらに近づいてきた。のんびりした口調と動き、着ている茶色い毛糸のカーディガンは、三毛猫を連想させる。

「こんなにほつれちゃって」

さくらの着ている穴のあいたトレーナーの裾を摑んだ。ユリオの仕事を手伝うときには、いつ埃まみれのモノを運ばされるかわかったものではないから、こうして捨てても平気な服を着ているのだ。二十四歳のおしゃれ盛《ざか》りが、と情けなくなることもあるけれど、居候《いそうろう》している手前、しかたない。

「としえちゃん、また、木登りでもして引っかけたんでしょう」

「え、えと……」

「としえちゃんは男の子と遊ぶのが好きだからねえ。お婆ちゃんが縫ってあげましょうねえ」

戸惑って、兄のほうに助けを求める視線を投げるけれど、ユリオは口元を押さえて笑っているだけだ。

「コヨノさん。この人はとしえちゃんじゃないでしょう?」

組田園長が老婆の背中に優しく手を添えた。

「そうだ、当て布をつけてあげましょうねえ。可愛いの、いっぱい持ってるのよ」

「どうぞ、こちらへ。台車のままで結構です」

もうお婆ちゃんのフォローはせず、園長は住居棟のほうへ、ふたりを促した。エレベーターの前ですぐ左に曲がり、さらに右に曲がると、左右の壁にずらりと、スライド式のドアが並んでいた。

2

ユリオの運営するネットショッピングサイト《ほしがり堂》に柏崎武人《たけと》さんからの注文があったのは、三日前のことだった。オルメカ文明の巨石人頭像を模したそのジュースサーバーは、十年くらい前にとあるデパートのイベントの際に作られたものを興行主が買い取り、その後紆《う》余曲折《よきよくせつ》を経てユリオの手に渡ったものだ。さくらが仕事をやめてユリオの家に転がり込んだ頃にはすでに、キッチンの床にどでんと居座っており、冷蔵庫から食料品を取り出すたびにじっと睨《にら》まれているような気がしたものだった。ネットで売りに出していると聞いたときには「こんなもの、誰がほしがるの?」と馬鹿にしていたけれど、いるところにはいるものだ。

注文の確認の電話で話したユリオによると、柏崎さんは立川市の老人ホーム《立川ふくふく園》で暮らす八十一歳の男性ということだった。六十五歳で定年退職した後、世界じゅうを旅行し、とくに南北アメリカ大陸を気に入ったが、七十八歳を過ぎた頃から足が弱くなり、八十歳で車椅子生活になったのをきっかけに、息子夫婦の勧めでホームに入った。外へ自由に出ることはできなくなったものの、ネットショッピングを覚え、大好きなメソアメリカ文明（特にオルメカ文明）関連のグッズを注文してコレクションすることが、日々の楽しみになったらしい。

ユリオは、自分は節操なくいろんなものをほしがるくせに、売るとなったら、そのモノの価値をわかる人しか相手にしないという営業スタイルを取っている。それはもちろん、自分の手元を離れていくモノを大事にしてほしいという気持ちもあるのだけれど、そういう人のところには、必ず珍コレクションがあるというのがより大きな理由だ。新たなモノに出会い、あわよくば手に入れるチャンスがあるところには、万難を排して押しかけるのがこの兄の性格だった。

「わあ、これはすごいコレクションだ」

101号室は十畳ほどの部屋だった。家具は、可動式ベッドにクローゼット、小さな本棚に一人掛けソファーくらいのもので、部屋じゅう所せましと、中米遺跡のピラミッドや彫像のレプリカが置かれている。

部屋の主は車椅子だというのに、これじゃあ動くスペースがないんじゃないだろうかとさくらは思ったけれど、ともあれ、こんな部屋はユリオにとってはまさに宝の山。まさに、遺跡に入ったインディ・ジョーンズのような目つきで物色をはじめている。園長はそんなユリオを放っておいて、コヨノさんというお婆ちゃんを連れてどこかへ行ってしまった。

「うぉ、これは、チチェン・イツァ遺跡のチャックモールではないですか！」

ユリオは早くも何かを見つけたらしい。それは、腹筋のトレーニング中のような格好でお腹の上に皿を載せた、人物彫像だった。

「わかるかね」

車椅子の老人は嬉しそうに頰を紅潮させた。白いポンチョのような一枚布の服を着て、両腕に腕輪をじゃらじゃらつけている。白髪《しらが》でヤギのようなあご髭《ひげ》が生えており、腕は枯れ木のように細いけれど、目と声、それに古代文明っぽい民族衣装は若々しさを感じさせる。好きなものに囲まれるというのがこの老人の長生きの秘訣《ひけつ》なのだろう……八十を過ぎたユリオの姿を重ね、さくらは気が重くなる。

「このフォルム、よく再現されていますね」

「ああ、埼玉で君と同じような仕事をしている人から譲り受けたんだ。ところで君、これは何だかわかるかね」

「えと、これは……えっ？　パレンケ遺跡の石棺!?」

「そう。君はどう思う？　オーパーツ説については」

「宇宙飛行士なんじゃないの、ってやつですよね。いやー、どうだろう。しかしあれで有名になったのは間違いないし……」

「あの」

さくらは二人の会話を遮《さえぎ》った。床に置いたオルメカ巨石人頭像の頭頂部を指さす。

「これ、ここがフタになっていて、ジュースを流し込めますから」

「ん？　ああ、いいのいいの。見て楽しむだけだから」

柏崎さんは髭をひとなでし、すぐにユリオに顔を向ける。

「枕元にある、それは何だかわかるかね？」

ベッドの枕元の棚を指さす柏崎さん。読書灯とノートパソコン。その横に、やけに黒ずんだボールのようなものが一つある。

「ひょっとして、ウラマのボールですか？」

「そう、そのとおり。正解だ」

柏崎さんは嬉しそうに膝を叩いた。古代マヤ文明で行われていたスポーツで、負けたチームの主将は殺され、その頭蓋骨が新たなボールの中核にされることもあったという。

「……なんなのその普通じゃないスポーツは」

「まさか、本当に使われていたものじゃないでしょう？」

さくらのコメントを無視して、ユリオは柏崎さんに訊いた。

「どうだろうな。少なくとも、現地のゴムで作ってある」

ユリオはそのボールを手に取ると、目の前にかざして観察した。あの中に頭蓋骨が？

「ほしい……」

「なんでそんなのほしがるの」

「いくらです？」

柏崎さんに目を移すユリオ。老人は「売れんよ、大事なものだからな」と、すげない返事。

「五千円では」

「とてもとても」

「七千円出します」

せっかくモノが捌《さば》けて儲《もう》けが出たというのにすぐこれだ。しかも巨石人頭像よりはるかに不気味なものを……、さくらはため息をつき、ソファーに腰を下ろした。棚から飛び出る蛇の置物が顔のすぐ横に来る。この蛇、どうして羽が生えているんだろう?

「おい、柏崎さん!」

スライド式のドアが荒々しく開かれたのは、そのときだった。部屋に入ってきたのは、渋いチェックのジャケットに縁なしメガネのやせ形のお爺さんと、やけに威勢のいい禿《は》げ頭のお爺さんだ。二人はさくらとユリオの顔をちらりと見たが、気にせず柏崎さんを睨みつけた。

「今朝のやつ、やっぱりあんただろう」

「今朝のやつ?」

「しらばっくれんない! 角山《つのやま》さんのぬいぐるみの胸をかっさばいたのは、お前さんだろって言ってんだ」

禿げ頭のお爺さんがつばをとばさんばかり。さくらは思わず身を守りたくなる。対照的にユリオは、何か面白いことが起きそうだと言い出しかねない顔。

「何を言うのかね……」

「あんた昨日の夜も、わめきながら廊下をうろうろしてたらしいじゃねえか」

「それにね、私はわかったんですよ。あのぬいぐるみが置かれていた状況の意味するところをね」

禿げ頭のお爺さんに続き、ジャケットのお爺さんが言う。落ち着いた口調がかえって意地悪そうだ。

「まったく、何を言っているのかわからない」

「とにかくあなたには説明責任がある」「おうおう、そうだ」

二人は車椅子を挟み、その持ち手を一つずつ握った。

「食堂に、来てもらうからな」

3

二人に押されていく柏崎さんの後について食堂へ行く。廊下の右側には人の背の高さほどの観葉植物の鉢植えが五つも並んでいる。食堂に扉はなく、廊下から繋がっているようだった。一歩入ると、そこは開放的な広い空間だった。中央に太い柱があって、入口からでは奥の様子がよく見えないけれど、厨房《ちゅうぼう》があるので食堂部分はL字形になっているようだった。南向きの窓からは、芝生の庭と、人工的な竹林が見える。六人掛けのテーブルが八つあり、そのうち三

立川ふくふく園

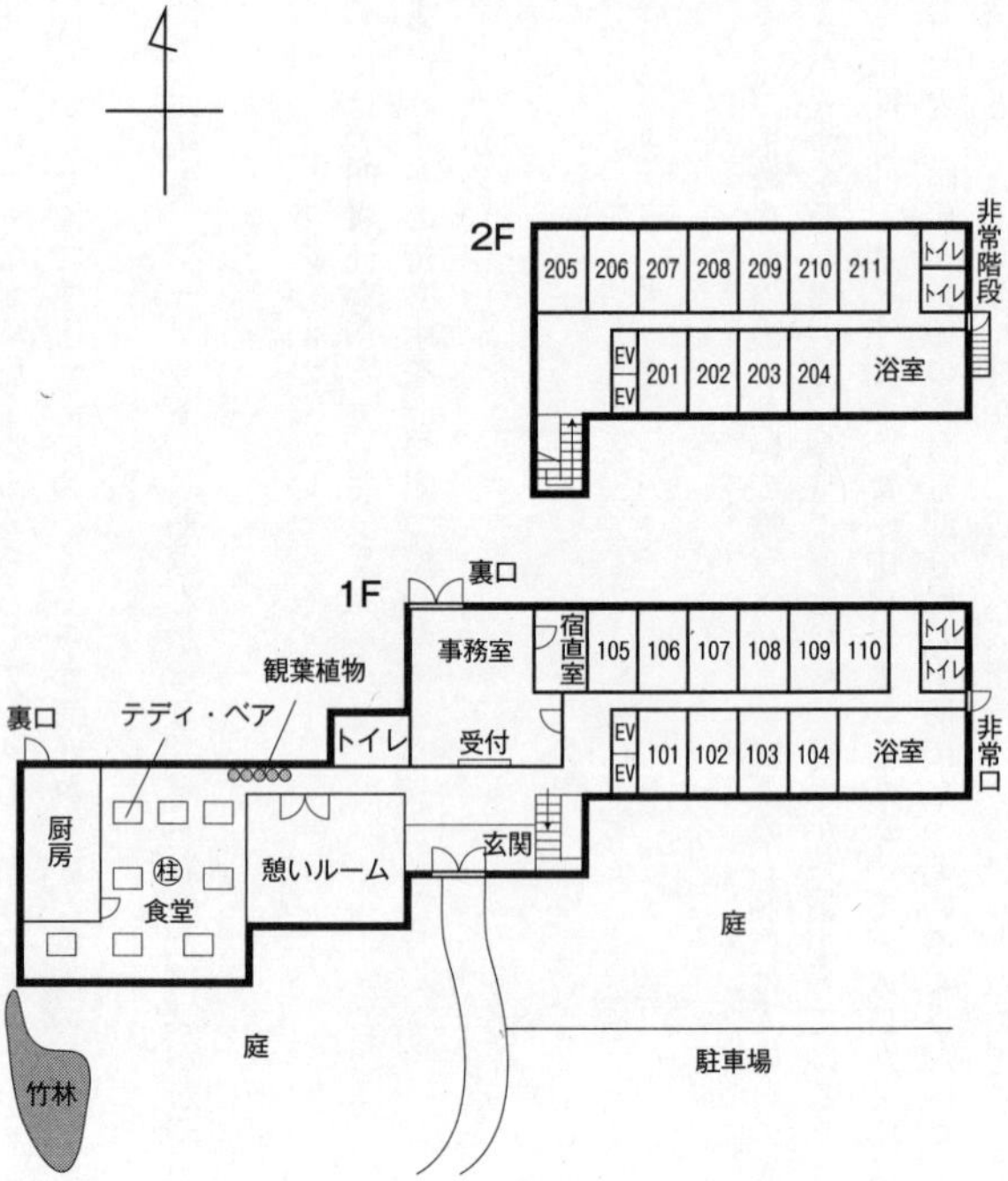
2F
205
206
207
208
209
210
211
トイレ
トイレ
非常階段
EV
EV
201
202
203
204
浴室
1F
裏口
事務室
宿直室
105
106
107
108
109
110
トイレ
トイレ
観葉植物
テディ・ベア
裏口
トイレ
受付
EV
EV
101
102
103
104
浴室
非常口
厨房
柱
食堂
憩いルーム
玄関
庭
庭
駐車場
竹林

つは車椅子用なのか低いテーブルだ。低いテーブルの上には新聞紙が敷かれ、石でできた丸いものがたくさん並べられていた。丸い石の上に、横たわるように黒いぬいぐるみが一体ある。目を凝らして見ると、七十センチくらいの大きさのテディ・ベアだった。

テディ・ベアを囲むように、入居者と思《おぼ》しき老人たちが五人と二十代と思われる男性ヘルパーが一人いる。老人のうちひときわ背が高い、赤いポロシャツにループタイというでたちの男性がぼそぼそと何かをしゃべっており、ヘルパー男性は腕を組んだまま困ったような顔をしてそれを聞いている。

「角山さん、連れてきたぞ」

禿げ頭のお爺さんが言うと、一同はこちらを向いた。

「おお、柏崎さん、あんただってな」「ひどいわ、ひどいわ」「あんたがそんなことをする人とはな……」

角山さんを差し置いて、周りの老人たちが口々に言う。

「ところで、その二人は誰じゃ？」

一人が、さくらとユリオを見上げて訊いた。

「私のお客じゃ。角山さん。私はけっして、あんたのぬいぐるみを傷つけちゃいない」

「嘘をつけ！　笹川《ささがわ》さんが謎を解明したんじゃ」

禿げ頭のお爺さんが怒鳴る。よく見ると、テディ・ベアの胸のあたりが切り裂かれ、中の綿が少し外に出ていた。可愛いぬいぐるみにこんなことをするなんてひどい。

「何の謎だというのかね？」

柏崎さんの話し方は少し偉そうに聞こえる。チェックのジャケットのお爺さんが、その車椅子の前に立ちはだかり、人差し指を立てた。

「これは、マヤ文明で行われていた、生贄《いけにえ》の儀式でしょう」

何か、普通じゃないことが起きている。さくらは、園長が「朝からいろいろある」と言っていたのを、ようやく思い出していた。

＊

その後、老人たちや掛井《かけい》という男性ヘルパーの断片的な話を総合してわかったのは、次のような事情だった。

この《立川ふくふく園》では、不定期で家族を呼んでのイベントが行われる。昨日の日曜はそのイベントの一つとして韓国料理パーティーが行われたのだった。地元の韓国料理店の協力を得て、普段食べることのできない韓国料理を楽しむというパーティーで、どうしても入居者に石焼ビビンパを食べさせてあげたいという組田園長の意向により、ホームは急遽《きゅうきょ》、石焼鍋を参加者全員分の三十個、注文した。パーティー終了後、ヘルパーを含むスタッフ全員で洗い物をし、食堂のテーブルに伏せて干しておいた。……これが、石でできた丸いものの正体だった。

そして、事件が起こったのは今朝のことだ。

五時半に目が覚めた104号室の吉田《よしだ》という名前の男性入居者が、ふらふらと食堂へ行ってみたところ、異様な光景が目に飛び込んできた。

ビビンパ鍋が伏せられている三つのテーブル以外すべてに、椅子が上げられていた。そして入口から最も奥のビビンパ鍋の上に、テディ・ベアが横たえられていたというのだ。胸は切り開かれて綿が飛び出ており、そばには裁《た》ちバサミが一つ、落ちていた。

その後、入居者たちや宿直のヘルパーたちが起きてきて事情が明らかになっていった。テディ・ベアは208号室に入っている角山甚太《じんた》さんというお爺さんのもので、前日に韓国料理パーティーにやってきた小学生の孫の優《まさる》くんが持ってきてくれたものだという。

テディ・ベアのそばに落ちていた裁ちバサミは、柄の部分にヘビのシールが貼り付けられており、この特徴からすぐに102号室の秋内《あきうち》コヨノさんのものだとわかった。当然、初めに疑われたのはコヨノさんだったが、この疑いはすぐに晴れた。コヨノさんには食堂じゅうの椅子をテーブルに上げるのは重労働すぎる。コヨノさんは裁縫が趣味だが、最近物忘れが激しく、あちこちに道具を置き忘れてしまうのだという。それを拾った何者かが、夜中に角山さんの部屋に忍び込んでテディ・ベアを盗み出していたずらをし、コヨノさんのせいに仕立てるためにハサミを置いていったのだろう、と誰ともなく言い出した。

すると、困ったような園長の顔を見て、角山さんがこんな発言をしたのだという。

「孫のぬいぐるみが心無いいたずらにあったのは哀しいが、盗まれたものがあるわけじゃない。皆に迷惑をかけるのも心苦しいので、誰がやったかは追及しません」

その後、力のある入居者も手伝って椅子は降ろされ、朝食が始まる頃にはホームはいつもの雰囲気を取り戻していた。……しかし、一部の好奇心旺盛な入居者たちは角山さんの周りに集まり、独自に推理を進めていた。そして今、笹川さんというこのチェック柄ジャケットの紳士が、真相に気付いたというのだった。

「マヤ文明では戦いが起きたとき、負けたほうの戦士が神への生贄にされることがしばしばあった」

笹川さんはどこかから取り出したボールペンをくるくる回していた。さくらとユリオも入居者たちに交じって、椅子に座って聞いている。木に布製のクッションが張られた椅子で、ところどころに食べ物のシミがあるけれど、しかたがない。

「そうだね、柏崎さん」

車椅子の上で、柏崎さんはうなずく。

「その際、生贄は石の台に横たえられ、胸を裂かれ、心臓を取り出された」

凄惨《せいさん》な言葉に、さくらのそばに座っているお婆さんが小さな悲鳴を上げた。

「インディ・ジョーンズにも出てくるよな。心臓を取り出す男」

ユリオがさくらに耳打ちしてくる。やっぱりインディ・ジョーンズ。それにしても、頭蓋骨だの心臓だの、血なまぐさい言葉が飛び交う老人ホームだ。

かつん。テディ・ベアの載せられている石焼ビビンパ鍋を、笹川さんは叩いた。

「石の台の上で胸を裂かれた人形。この状況がマヤ文明の生贄でなくてなんです?」

ふっ、と柏崎さんは笑った。

「いささか乱暴だね、笹川さん」

「証拠はまだある。もうココノさんに返されてしまったが、あの裁ちバサミ。柄の部分に何の絵のシールが貼られていましたか？」

「ヘビだ」

禿げ頭のお爺さんが言った。

「生贄の際に胸を切り裂くのに使われるナイフには、柄の部分にヘビの装飾が施《ほどこ》されているのが常だったと、私はそう記憶している」

「あの笹川さんて人も、ずいぶん詳しいよね」

さくらがユリオに耳打ちすると、

「笹川さんは、高校の世界史の先生だったのよ」

紫色のカーディガンを着たお婆ちゃんが小声で説明してくれた。笹川さんは推理を披露《ひろう》し続ける。

「柏崎さん、あんたは以前から、この生贄の儀式にただならぬ興味を抱いていたんじゃないのか。昨日、ココノさんがどこかに置き忘れたこのヘビの裁ちバサミを拾ったあんたはすぐにマヤ文明のナイフを連想した。さらに、ビビンパ鍋による石舞台がこの食堂に用意されていたことに運命を感じた。そういや昨日は満月でもあった。儀式をするには最適の夜じゃないか。どうだ、あんたが犯人なんだろう」

おお、と、禿げ頭のお爺さんが拍手をする。しかし、他の入居者たちはいまいち納得できていない様子だ。

柏崎さんは右手の腕輪をじゃらりと鳴らしながら言った。

「私はこのとおり、車椅子だ。なんでわざわざ二階の角山さんの部屋まで行って、そのクマさんを持ってこなきゃならんのだ？」

「エレベーターがあろうが」

「たしかにあるが、そんな煩《わずら》わしいことはせん。テーブルに椅子を上げるなんてもってのほか。それにあんた、先ほど満月がどうとか言っていたがね、そもそもマヤ文明は太陽を崇める文明だ」

「黙りなさい。あんたの、異常な深夜の講義について、みんな知っているんだぞ」

深夜の講義？　それは一体何だろう……。

「あらあら、としえちゃん」

入口のほうで声がした。コヨノお婆ちゃんがおせんべいの缶を持ってこちらへ来るところだった。後ろからは組田園長が苦笑いしながらついてくる。

「こんなところにいたの。そのお服に、当て布してあげるって約束したものね」

入居者一同が、雰囲気が変わってしまった、とでも言いたげな顔をしていた。

「園長、クマさん事件の犯人がわかったんですよ」

笹川さんが、園長に言う。

「ここにいる、柏崎の爺さんが……」

「笹川さん！」

園長は大声で、笹川さんをしかりつけた。

「一緒に生活している人を疑ってはいけませんよ。角山さんも、もうこの件はいいって言ったでしょ、ねえ」

角山さんは目を泳がせながらうなずいた。笹川さんは不満そうだ。

「でもねえ園長」

紫色のカーディガンのお婆ちゃんが言った。

「やっぱり気持ち悪いねえ。こんなことをする人が同じホームにいるっていうのは。安心できないもの。せっかく息子が一生懸命探して、ここなら安心して過ごせるだろうって、入れてくれたのに、私が安心していないなんて知ったら、悲しむんじゃないかしら」

園長もこれには、「む……」と、何も言い返せないようだった。誰もが、考え込んでいるようだった。

「いいでしょう」

すっと立ち上がった姿がある。臙脂《えんじ》色のエプロンには、白く抜かれた《ほしがり堂》の文字。

「俺が犯人を見つけましょう」

「ええ？」

予想外のことに、皆が声をそろえた。あんた誰だっけ、という声も聞こえる。

「ちょっと、ちょっと……」

さくらは止めようとするが、

「可愛いテディ・ベアが傷つけられたのは許せないと、うちの妹も言っている。な」

「あ、いや……」

止められなくなってしまった。

「俺も、大事なお客さんが疑われたまま、みすみす帰れませんからね」

ユリオは柏崎さんに向かって、微笑《ほほえ》んで見せた。その顔を見てさくらは確信した。ユリオのやつ、恩を売ってあの頭蓋骨ボールを手に入れるつもりだ。

4

ユリオはその後しっかりと、柏崎さんにウラマのボールの約束を取り付けた。それも、チャックモールという腹筋彫像レプリカのオマケつきで。

園長も承諾したので捜査が始まった。さくらも行き掛かり上、共に行動せざるを得ない。

さくらとユリオは、角山さんについて住居棟の二階へやってきた。全体的に一階と似ている作りだった。角山さんの部屋は208号室。スライド式のドアを開けるなり、ほのかなバラの香りがさくらの鼻をついた。

広さは、柏崎さんの101号室と同じくらいで、据え付けられている家具も似たようなものだった。ただ、柏崎さんの部屋と比べて暗い気がする。窓が北に面しているので、日当たりはよくないのだろう。

据え付けの棚には、胸を裂かれてしまったのと同じくらいのサイズのテディ・ベアが二体置かれていた。色はやっぱり黒。よっぽどこのぬいぐるみが好きなのだろうか。そのテディ・ベアの脇には、手作り感のあふれる、十五センチくらいの高さのヤシの木の置物が一つ。その脇に、バラの香りの芳香剤が置いてあった。

「なんだか、大事になってしまって悪かったねえ」

ベッドに腰掛けた角山さんは顔を伏せ、申し訳なさそうに言った。

「いやいや、角山さんとしても、こんなことをした犯人を明らかにしてほしいでしょう」

ソファーに置かれたテディ・ベアの、裂かれてしまった胸のあたりを撫でながら、ユリオが言った。

「ええ、まあ……」

「それじゃあね、角山さん。昨日のことをできるだけ詳しくお話しいただけますか?」

「できるだけ詳しく、と言われてもねえ」

角山さんは顔を上げる。

「昨日はほら、夕方からビビンパパーティーがあったでしょう。午後に息子夫婦が、孫の優を連れてやってきてくれたんですわ」

枕元に目をやる角山さん。木製の万年筆が一本と、写真立てが二つ。一つは竹藪に囲まれたレンガ造りの家。もう一つは、角山さんと少年のツーショットだ。写っているのはこの部屋だった。

「この子が優くんですか？」

「ええ。小学校三年生になります。このテディ・ベアを持ってきてくれて、そこに置いて、しばらく話していたら、パーティーの時間になったんです」

角山さんは話を続けた。

パーティーが開始されたのは夕方五時。終了したのは七時頃で、面会時間も終わりなので、息子さん夫婦と優くんは帰っていった。その後は自由時間だが、入浴をしたらあとはやることはなく、食堂で他の入居者たちや宿直のヘルパーさんとしばらく話をしたあと、八時半に部屋に戻り、九時には眠りについた。

「そのときは、テディ・ベアはたしかにそこにあったのですね？」

「あった。優が置いていったまま」

「眠った後は、朝までぐっすりですか」

「ああ。目が覚めたのは六時半くらいだったかな。クマはもう、なかった」

角山さんは戻ってきたテディ・ベアを見る。

「じゃあ寝ている間に盗まれ、いたずらされたんですね」

「このドア、鍵はかからないんですか？」

さくらはふと気になったことを訊ねる。

「かかりませんよ」

角山さんは答えた。

「わしらはいつ体に異変がおこるかわからん。そのためにこうしてヘルプボタンが部屋には必ずあるんです」

枕元のボタンを指差す。

「夜中にこれを押して助けを求めても、鍵がかかってたのでは、救助が遅れますからな」

「なるほど」

さくらがうなずくと、角山さんはヘルプボタンに向けていた人差し指を自分の顔に持っていき、頬を掻いた。その右手が老人性の症状か、震えていた。

「あんないたずらをする人に心あたりはありますか？」

ユリオは話を戻すように訊いた。

「いや。しかし笹川さんの話を聞いていたらな、柏崎さんのような気がしてきたわ。あの人、たまに夜中、講義をしとるみたいでな」

また「講義」だ。ユリオが眉をひそめる。

「その、講義というのは？」

「あの人、しっかりしとるように見えて夜中になるとボケるらしくてな。廊下に出て、車椅子でうろうろしながら、メキシコだかグアテマラだかの古代文明について一人で延々と語るんだと。わしはこうして二階にいるからそれ以上のことは知らないが、一階の部屋の人なんかは、うるさくてたまらんと言っているわ」

意外だった。高齢になるとやはり、予期せずいろんなことをしてしまうのだろう。

「本人にも少しは自覚があるらしいんですがな。やめられんのだそうだ」

「その講義は毎日ですか？」

「いや、週に一度か二度か、そんなもんでしょう。昨日の夜もやっていたというがな、詳しくは知らなんだ」

「ふーん。あとで誰かに訊いてみるか……」

ユリオはそう言って、据え付けの棚に目をやる。

「テディ・ベア、お好きなんですか？」

「ああ、孫がな」

「あそこにもう一匹入りそうですけど」

たしかに、二体のテディ・ベアから、ヤシの木の置物までの間にスペースがある。

「ああ、あそこにいたのは、昨日、優が持って帰りましたわ」

「持って帰った？」

「家に一匹いないと寂しいのだと。で、次来るときにまた持ってきて、別のを持って帰る」

「四匹のローテーションなんですね」

ユリオは楽しげに言ったが、角山さんにはローテーションという言葉がピンと来なかったようだった。

「この写真は？」

ユリオはすぐに話題を変えた。優くんとの写真の横にあった、竹藪に囲まれた、小さなレンガの壁の家の方だ。

「わしが四十年住んでいた家です。ひっそりとした雰囲気が好きでな、女房の最期を看取《みと》ったのもこの家だった。わしもここで一生を終える予定だったが、体を壊して入院して、そのまま息子夫婦に言われるままにここへ入居となりましてな。もう、この家は売りに出されております」

「それは、寂しいですね」

「そういう人生の流れだったのでしょう。まあしかし、孫にも月に何度か会えるようにもなったし、幸せだと思ってますよ」

角山さんはそう言いながらも、懐かしげに竹藪の家の写真を眺めた。

「月に何度かというのは、具体的には……」

「二週間に一度、隔週の日曜日に来てくれます」

「なるほどなるほど」

何に納得しているのか……。

「さくら、お前、何かあるか？」

何の前触れもなく、ユリオはさくらのほうを向く。

「えーと……」

気になることはある。特に、目の前にあるこれだ。

「角山さん、これって……」

と、棚に置かれたヤシの木の置物に触れようとしたそのときだった。

「触んなさんな！」

すごい剣幕で怒鳴ったかと思うと、角山さんはベッドから腰を上げ、ヤシの木を乱暴につかんだ。さくらはびっくりして、一歩退《ひ》いてしまった。

「壊れやすいのでな。優の手作りだから」

その割に、ぞんざいな扱いだと思うけれど……。ユリオも怪訝《けげん》そうだ。

「さあ、そろそろいいでしょう」

角山さんは胸のあたりでヤシの木を両手で持ち、二人の顔を交互に見る。

「もう、出て行ってくれますかな」

「角山さん。そのループタイ」

ドアのほうに押しやられながら、ユリオは角山さんの胸元を指さす。木でできた丸い留め飾りのついたループタイだ。

「いい色ですね。素材はオークかな」

「どうか勘弁を。お引き取りください」

ユリオとさくらは廊下に出される。角山さんはすぐにドアを閉めた。

「なんであんなに態度が変わったのかな?」

ユリオはさくらの質問には答えず、口元に手を当て、笑っていた。

「さくら、一つ予言をしようか」

「予言?」

「角山さん、この後人目を盗んで、柏崎さんに頼みごとをしにいくだろうな」

もう、推理が出来上がっているということだろうか? でもいったい、なんで角山さんが柏崎さんに? まったくわけがわからない。

5

今田《いまだ》さんという名のそのヘルパーは、思い切り伸びをしながら「ふほわっ」という感じの大あくびをした。昨晩の宿直担当で、ろくに眠れなかったのだそうだ。

このホームでは宿直をしたヘルパーは午前中の仕事をこなして十一時に勤務を終え、次の日はまるまる一日休みになるとのことだった。今まさに帰ろうとしていた彼を、ユリオは玄関のところで呼び止め、「ちょっと話を……」と、玄関わきに設置された自動販売機の缶コーヒーで釣って食堂へひっぱってきたのだった。

昼食まではまだ時間がある。入居者は自分の部屋か中庭か、そうでなければ隣の憩いルームで過ごしており、食堂にはいない。蛍光灯はすべて消えているが、ダウンライトが二つ、明かりを放っていた。南向きの開放的な窓から陽光が入ってくるので、暗くはない。

「そうですねえ、柏崎さん、昨日の夜、深夜の講義、してましたねえ」

眠そうに首をふりながら、今田さんは証言した。

「何時くらいのことですか？」

「十二時半だか、一時だか……あ、あれは十二時五十分だな。目が覚めたとき、時計を見たんだった」

宿直室は、事務室の奥にあるという。入居者の各部屋にはヘルプボタンがあり、これを押すと病院のナースコールのように、宿直室にあるランプがブザー音とともに光る仕組みになっている。呼び出しがなければ基本的には宿直ヘルパーはベッドで朝まで眠ることが出来るけれど、101号室に柏崎さんが来てからはそうもいかなくなった。

「まったく困っちゃいますよ、つぶやくような声ならまだいいんだけれど、本当に大学の講義みたいなことを大声でわめくんだから。チチェン・イツァだの、ホヤ・デ・セレンだの、もう重要な遺跡の名前は何度も聞いてるうち、俺も覚えちゃいましたよ」

そこまで言うと、今田さんはまた大あくびをした。

「まあ昨日は、なだめて部屋に戻すまでにあまりかからなかったからよかったようなものの ね。ひどいときは明け方までですよ」

「宿直室に戻ったのは何時ですか？」

「一時過ぎだったと思います。そのあとは声は聞こえなかったけれど、いつまた講義が始まるかと思うと気が気じゃなくて眠れなくて。朝方ようやく眠りにつけたと思ったら、今度はあのテディ・ベア騒ぎでしょう？」

「柏崎さんを部屋に戻したとき、こっちの棟のチェックはしなかったんですね？」

「ええ。憩いルームは鍵をかけちゃいますし、食堂になんか来たって、なんにも面白いものなんかないですし。だからそのとき、すでに椅子があんなことになってたかとか、ぬいぐるみがビビンパ鍋の上に置いてあったかどうかとか、そんなのはわかりません。俺が目を覚ますずいぶん前から起きてやっていたのか……。でも彼は車椅子だからなあ……、椅子をテーブルに上げられるかなあ。体力的には無理じゃないかな」

ユリオは今田さんの推理めいた自問を、なぜか楽しそうに聞いていた。

「椅子が上げられていたことの他に、おかしなことはありませんでしたか？」

「椅子が上げられていたこと以上におかしなことなんてありませんよ」

ユリオの言葉をオウム返しのようにして、今田さんは笑ったかと思うと、

「そういや」

何かを思い出したように食堂の奥を見た。

「あの奥の壁の棚に、〝お部屋の芳香剤〟が置いてあるんですけどね。それがテーブルの上に倒されていましたね」

「テーブルの上に？」

「そう。先週新しいのに替えたばっかりだったのに、中の液体が全部こぼれていてね。もったいないけれど新しいのを出して、置いておきましたよ」

ユリオはこの証言にも満足気だった。芳香剤だって……、それが何か関係あるのだろうか。

「それにしてもお二人は、どうしてこんなことをしてるんです？」

今田さんはさくらのほうに目を移し、ユリオに奢《おご》ってもらった缶コーヒーを一口飲んだ。

「古道具屋がそこまでします？」

古道具屋……、間違ってはいない。さくらは答えに困り、肩をすくめた。

「ウラマのボールがかかってるんですよ」

ユリオが答えると、今田さんは「浦和《うらわ》のボール？」と、首を傾げた。

「まあいいや。あまり深入りしないほうがいいですよ。大きな声じゃ言えないけれど、ここのホーム、変わった人たちも多いから。笹川さんなんてなんでも陰謀に結びつけてお爺ちゃんどうしの喧嘩を煽《あお》るしね、二階の疋田《ひきた》さんなんて昔飼っていた文鳥の絵をすぐそこらの壁に描いちゃう」

そういえば、玄関の壁に鳥の絵が描いてあった。

「柏崎さんの隣の部屋のコヨノさんなんて可哀想でね」

「あの、縫い物のお婆ちゃんですね」

さくらは言った。

「ええまあ、刺繍《ししゅう》かなんかの腕は衰《おとろ》えないんだろうけどね。可愛がっていたお孫さんが大きくなって海外で就職しちゃって、それがショックだったのか、ここのところ、家族のこともわからなくなっているみたいですよ。若い女の人を見ると、すぐにお孫さんの名前で呼んでしまって」

「としえちゃん」

「そうそう。やっぱり呼ばれました?」

「あとでこのトレーナーの穴に当て布をつけてくれるそうです」

今田さんはひひひと笑った。

「疲れない程度に、相手してあげてくださいよ」

そのとき、入口のほうで「としえちゃん」と声がした。コヨノお婆ちゃんがちょこちょことこちらへやってくる。右手に下げられたバスケットの中には、裁縫道具が見える。

今田さんが、もう勤務時間は終わりとでも言いたげに、立ち上がった。

「さて、じゃあそろそろ俺は帰ります。これ、ごちそうさまでした」

コーヒーの空《あ》き缶を掲げてユリオに挨拶《あいさつ》すると、「コヨノさん、じゃあね」と言って食堂を出ていった。

「としえちゃん、縫ってあげるからそのお服、脱ぎなさいよ」

「え……」

「としえちゃん、脱ぎなさいよ」

ユリオがコヨノお婆ちゃんの口調を、笑いながら真似た。

「さあ、さあ」

もうしょうがない。さくらはトレーナーを脱いでTシャツ姿に。と、ココノお婆ちゃんはユリオのほうを見て、「おや」と言った。

「あんたは、ドンちゃんじゃないの」

「へっ？」

ユリオも誰かと勘違いされているようだ。

「大きくなったわねえドンちゃん。もう、としえちゃんを抜いちゃったじゃないの」

としえちゃんの弟だろうか。それとも、幼なじみ？　とにかく形勢逆転。さくらはニヤニヤした。

「ドンちゃん、もう、高野豆腐《こうやどうふ》、食べられるようになった？」

「食べられるようになった？」

さくらもココノお婆ちゃんに乗っかる。ユリオは「あ、いや……」と戸惑っているようだった。

そのとき急に、がらがらと大きな音が鳴り、厨房に据え付けられている配膳カウンターのシャッターが開いた。白衣の女性がいた。配膳カウンターには皿が並んでいる。いい匂いがする。

「あらドンちゃん、もう、お昼ご飯の時間になるじゃないの。あんた、手伝いなさいよ」

「手伝いなさいよ」

「はいはい、わかりましたよ」

ユリオは立ち上がった。

「高野豆腐、残しちゃダメよー」

配膳カウンターに向かうその後ろ姿に、コヨノお婆ちゃんは声をかけた。

6

昼食のメニューは、白身魚と和風サラダ、ひじきの煮物に、ごはん、味噌汁。お年寄りに向けたものだからか、味付けは控えめだった。集まってきたヘルパーさんと、有志の入居者、そして急遽手伝うことになったユリオによって配膳がなされ、集まってきた入居者から順に、食べ始めた。席は決まっていて、病気を持っている人には身体に適した栄養バランスの食事が出されるようだ。トレイには個人の名前が書かれている。

さくらとユリオも、一緒に食堂の隅のテーブルに座って食事をとっている。ユリオの前には組田園長、さくらのすぐ隣にはコヨノお婆ちゃんが座っている。

「コヨノさん、食事中はお裁縫、やめてください」

組田園長が注意するが、

「もう、すぐ。すぐよ。こんなの」

ココノお婆ちゃんは子どものように、聞く耳を持たない。その手の中でまるで意志を持った生命体のように、針が動いていく。さくらの脱いだトレーナーに、フェルトで作られた可愛いひよこの布が縫いつけられていく。

「うまいですねえ」

さくらが褒めると、ココノお婆ちゃんはほほ、と、上品に笑う。

「としえちゃんもそのうち、できるようになるわ」

もう、としえちゃんと呼ばれるのにも慣れていた。組田園長も微笑ましく見守ってくれていた。

「そうですか。ドンちゃんはどうですか?」

「ドンちゃんはダメね。不器用だから」

ユリオは味噌汁を噴き出しそうになった。さくらは声を立てて笑う。

「どうです。進展はありましたか?」

組田園長はユリオに訊いてきた。その顔は穏やかだ。

「まあ、園としては、入居者同士にわだかまりができないように解決できればいいとは思っているので、適当に」

「ええ、まあ、わだかまりはできないと思いますよ」

「ユリオ、何かわかったの?」

さくらは訊ねる。

「だいたいな」

「ひじき、いりません？」

白衣を着た、食事係のおばさんがそこにやってきた。白衣の胸には「鈴木《すずき》」という刺繍があ
る。左手に真鍮《しんちゅう》製の大鍋、右手にはお玉。大鍋の中にはひじきの煮物がたくさん入っていた。

「ひじき、余っちゃって」

「ああ、じゃあいただきます」

ユリオが言って、勝手にさくらの食器を鈴木さんの前に出した。

「あっ、ちょっと」

鈴木さんはすぐさま、山盛りのひじきを皿によそう。

「私はそんなにいらないから」

園長も皿を差し出した。鈴木さんはひじきを掬《すく》いながら、「聞いたわよ園長」と、井戸端会
議でも始めそうな口調だ。

「昨日の夜、誰かがここの椅子、全部テーブルに上げちゃったんですって？　誰がそんなこと
するのかしらねえ」

「ああ、まあ、ホームを長年やってると、いろんなことがありますよ」

園長はまたも、苦笑いだ。

「私、ホームで働くの、ここで四つめだけど、聞いたことないわよ。ねえ」

と、さくらに同意を求めてきた。さくらは曖昧《あいまい》にうなずく。そんなことよりこの量のひじき

……。

「昨日の夜、ここへ戻ってきたとき、食堂のほうも確認すればよかったわ」

「昨日の夜、来たんですか？」

「そうなのよ。ほら昨日、高橋《たかはし》さんが鎌倉《かまくら》に行ってきたって言って鳩サブレくれたじゃない？　あれ置いて帰っちゃったのに寝る直前になって思い出して。高橋さんってたまにすごく朝早く来ることあるじゃないの。それで、私が置き忘れたの見つけたら、なんていうか、気ぃ悪いじゃないの」

一気にしゃべる鈴木さんに、園長は苦笑いを返す。ユリオはさくらにだけ聞こえるくらいの声で「豊島屋の商品なら、『鳩サブレ』じゃなくて『鳩サブレー』だけどな」とつぶやいた。

「そんなの気にすることないじゃないですか」

園長と鈴木さんは気にせず話し続けている。

「いやいや私、気にするのよそういうの。こう見えて繊細な人だから私。でまあ、朝のマーガリン切らしてたってのもあって、車でコンビニに行くついでに、遠くもないからここに来て、裏の鍵開けて入って鳩サブレ持って帰ったんだけど。あのとき、ちょっとそこのドア開けて食堂の中、見てたらねえ」

鈴木さんは厨房のドアを振り返った。窓がついているけれどすりガラスだ。夜中は配膳カウンターのシャッターはもちろん閉まっているだろうから、ドアを開けなければ、厨房から食堂は見ることができない。でも、もし鈴木さんが目撃していたとして、何か状況は変わっただろうか。

「それって」

ユリオが鈴木さんの顔を見た。

「何時ごろのことです？」

鈴木さんは訝《いぶか》しげな顔をしてユリオを見ていたが、

「さあ、一時くらいじゃないかしら」

「ふーむ、なるほど」

ユリオはにやりと笑った。

「何なの？　大体、あんた新しいヘルパーさんじゃないんでしょ？」

「ただのしがないほしがりです」

何かわかったというのだろうか。ひじきを消費しはじめるさくらの横で、コヨノお婆ちゃんはまだ黙々と、トレーナーにひよこを縫いつけ続けていた。

7

食後、さくらたちは憩いルームへと足を運んだ。食堂の半分くらいの大きさの部屋だった。時刻は午後二時になろうかというときだ。南向きの窓からは日光が入り、ぽかぽかとして気持ちいい。

部屋には、大型テレビの前にソファーセットが二組と、丸テーブルが七つほど。奥には畳のスペースもあり、お爺さんたちが将棋を指したりオセロをしたりしている。組田園長はソファーのところでお爺さんたちと話をしており、さくらはというと、丸テーブルでコヨノお婆ちゃんに刺繍の手ほどきを受けていた。ユリオはそばの丸椅子に腰かけ、こっちをちらちら見ている。

「いたっ！」

また、針で指を刺してしまった。

「おやおや、としえちゃんも不器用ねえ」

「こういうの、中学を最後にやってないから」

「何をまあ、まだ小学生じゃないの」

コヨノお婆ちゃんの記憶は、だいぶ昔で止まっているようだ。でも、今のさくらが小学生に見えるだろうか。

「としえちゃん、毎日やれば上達するわ」

コヨノお婆ちゃんの操る針は、相変わらず動きがスムーズだ。丸い木枠に張られた布には、立派なアヤメが形作られていく。

「毎日遊びにきなさいよ、としえちゃん」

「毎日は、ちょっと……」

「そう。せめて月に一度は来れないの？」

返事に困る。

「角山さんのところの優くんなんて、二週間に一度は来てくれてるのよ」

そういえば、角山さんがそんなことを言っていた。

「優くん、知ってるの？」

「知ってるわ。私もお話しするもの。あの子、人懐こくてねえ……」

コヨノお婆ちゃんは嬉しそうだったけれど、さくらはその顔からむしろ、寂しさのようなものを感じた。コヨノお婆ちゃんの孫のとしえちゃんはもう海外にいて、ここへお見舞いにきてくれることはないのだ。本物のとしえちゃんは今の住まいに、コヨノお婆ちゃんの縫ったものを何か持っていっただろうか。トレーナーに縫いつけられたひよこの当て布を見て、さくらはそんなことを考えた。

そのとき、入口から一台の車椅子が入ってきた。柏崎さんだった。さくらが見ている前で、柏崎さんはすーっと、組田園長の元へ進んでいく。そして、園長に話しかけた。何を話しているのか、さくらにはわからない。

やがて園長は立ち上がり、ユリオに近づいて何やら耳うちした。ユリオも腰を上げ、三人で廊下へ出て行く。

……進展があったのだろうか。

「コヨノお婆ちゃん、ちょっとごめんね」

さくらは作業途中の布をテーブルの上に置くと、三人の後を追った。

三人は、受付の前を通り抜け、住居棟のほうへ進んでいく。さくらが三人に追いついたのは、101号室の前だった。

「ちょっと」

「おお、どうした？」

「どうした、じゃなくて」

「柏崎さんが、私たちに話したいことがあるそうでね」

園長が言った。なんで置いてくの、という言葉は飲み込み、さくらもどさくさに紛れて101号室に入る。さっきは整然としていた柏崎さんのご自慢の古代文明コレクションが、そこらじゅうに散らばっていた。オルメカの巨石人頭像ジュースサーバーの頭の蓋も開けっぱなし。

「どうしたんです、これは？」

組田園長が目を丸くする。

「まさか、泥棒が？」

柏崎さんは「そうじゃない」と手を振った。

「角山さんがやっていったんじゃ」

「角山さんが？」

「ああ。さっき、部屋に来てな、『もしあんたが犯人なら、返してほしい』といきなり言いおった」

返してほしい……さくらははっとしてユリオを見た。口元に手を当て、いたずらをした後のように笑っている。さっきの「予言」が当たったのだ。

「角山さん、何も盗《と》られてないって言ってたじゃないですか」

「いやそれが嘘でな。実はあのテディ・ベアには琥珀《こはく》の心臓が埋め込まれていたというんじゃ」

「琥珀⁉」

園長が大声を出した。そして泣きそうな顔をしながらユリオを見た。

「よくわからないのですが、それは高価なものでしょうか？」

「宝石の一種ですからね、本物なら高いでしょうねえ」

ユリオはなぜか楽しそう。

「なるほどね、琥珀ときたか」

「メキシコでもチアパス州で採れると聞いたことがある。マヤ文明でも高価なものとされていた可能性もあるじゃろ」

柏崎さんはすぐ古代文明の話にしたがる。園長は「それで」とすぐ話を元に戻した。

「柏崎さんが盗ったわけじゃないんでしょう？」

「盗っとらん。少なくとも、盗った記憶はない」

だけどこの人は、夜中の自分の講義についてはほとんど覚えていないのだ。柏崎さんは、園長が何を言いたいのかを察したようだった。

「角山の爺さんも、私がボケてやったのだろうと主張した。もしこの部屋の中に琥珀があれば、持って帰ると言い出し、この散らかしようじゃ。あの人、おとなしく見えてやるときはやってくれるわ」

「結局見つからなかったんですね？」

園長が訊いた。

「見つかるわけないだろう。角山の爺さん、がっかりして帰っていったわ。園長、私は疑われるのはまっぴらごめんだ」

「どうしよう……」

園長は頭を抱えている。

「夜中に椅子が全部上げられていたり、テディ・ベアの胸が裂かれていたりといった程度ならいたずらですみます。でも、高価なものが盗まれたとなったら、これは警察に言わなきゃいけなくなるかもしれない」

こういう施設の責任者は、警察沙汰《ざた》になることを恐れるのだろう。さくらは可哀想になった。

「そんな心配ないですよ」

ユリオは楽しそうに、例の頭蓋骨が入っているかもしれないボールを勝手に取り出して、いじっている。

「本当ですか」

園長がすがるように言う。今や、ユリオのことを頼りにすらしているようだった。

「ええ。今ようやく、確信が持てました。……柏崎さん。角山さん、ここへ琥珀を探しに来たことを園長には黙っているように言ってませんでしたか？」

「ああ、口止めされたわ」

忌々《いまいま》しそうに答える柏崎さん。

「爺さん、金まで渡そうとしてきた。だが私は金などいらん。黙っておくと言って追い返してやった。そしてすぐに裏切ってやった」

「おかしいじゃないですか」

ユリオは裏切りをとがめるつもりはなさそうだった。

「琥珀が無くなったことなんて、朝わかっていたはずなのに。どうしてその時点で園長や他のヘルパーに言わなかったのか」

「たしかに」

園長が相槌《あいづち》を打つ。

「角山さんは何かを隠しているの？」

さくらは訊ねるが、ユリオはそれには答えない。

「いよいよ、大詰めだ」

勝手にそう言うとドアを開け、廊下に出て行った。さくらは園長と共にそれを追う。ユリオは受付と玄関の間を通り、憩いルームの前を抜け、食堂へとやってきた。

食堂はすっかり片づけられていて誰もいない。配膳カウンターはシャッターが閉められ、蛍光灯もついていない。天井に二つついたダウンライトだけが光を放っている。

「あの照明は、ずっとついているのですか?」

ユリオが訊ねると、園長は戸惑いながらうなずいた。

「二十四時間、ついています」

「ビビンパ鍋はあの下にあった……」

ユリオがテーブルを見て言う。たしかにその通りだけど、一体なんだというのだろう。ユリオはそのまま、食堂の奥へと歩いていく。一番奥、L字の短いほうへやってきた。

「ここからは、入口は見えないですね」

振り返ると、太い柱に遮《さえぎ》られ、たしかに入口は見えない。

「倒れていたのは、その棚の芳香剤ですね」

部屋の隅に据え付けられた棚。そこにはすでに新しい芳香剤がある。するとユリオは奥のテーブルの椅子を一つ引き出し、クッションの臭いを嗅《か》いだ。

「何、やってんのよ」

「へへへ、へへへ」

笑い出すユリオ。そのままさくらに顔を向ける。

「見つけたよ、琥珀」

「はあ?」

園長も、まったくわけがわからないという顔をしている。

「園長、お願いがあります」

ユリオは椅子を戻しながら言った。

「ひとつ、電話をかけてほしいところが」

8

午後三時になろうとしていた。

「日が傾いてくるといっそう、穏やかでいい雰囲気ですね」

ユリオは食堂の南向きの開放的な窓から外を見ている。太陽の光の中、人工的な竹林の影が、ゆるやかに芝生の上に伸びている。気温が下がってきたからか、出歩いている入居者はいない。

「いやあ、今日は本当に楽しかった。ウラマのボールも、チャックモールのオマケ付きで無事に手に入るようだしね」

すぐ近くのテーブルには、角山さんをはじめ、柏崎さん、笹川さん、コヨノお婆ちゃん、組田園長が座っている。

「いやもう、いいと言っているでしょう。あのことは忘れて、部屋で休みたいんだ」

角山さんは訴えるように言った。

「そういうわけにはいきませんよ。柏崎さんの名誉のためにも、ここで暮らす方々の不安を取り除くためにも。そして角山さん、あなたの体のためにもね」

ユリオの言葉に、さくらは戸惑う。

「ユリオ、どういうこと？　なんで角山さんの体が関係あるの？」

「角山さん、そのループタイ」

さくらの質問には答えず、ユリオは角山さんの胸元を指さした。

「ずいぶんいい色の木でできているようですね。オークかな」

「あ、ああ……」

「そう言えば、お部屋にあった万年筆のグリップも、それに似た木目の素材だったような気がしますね」

いったいどういうことだろう？　角山さん以外のみんなが不思議そうな顔をしている前で、ユリオはエプロンのポケットからスマートフォンを取り出すと、ささっと操作をして画面を見せた。

「実は俺も以前、同じものをほしがっていたことがありましてね。これ、もともと樽だったんですね」

「樽だって？」

笹川さんが疑問をはさむ。

「はい。モルトウイスキーの樽なんかは、何回か使うといい色が出るんです。そのまま捨てるのは忍びないというウイスキーファンの思いを汲んで、ちょっとした小物に作り替えられて売り出されているんですよ」

説明の途中から、角山さんの表情が曇っていくのが、さくらにはわかった。ユリオは角山さんのほうをしっかりと見た。その手が、ぶるぶると震えている。あれはひょっとして、老人性のものではなく……。

「角山さん、園長の前でそろそろ白状したらいかがですか？」

「何を……」

「あなたがお孫さんに言ってテディ・ベアの心臓部に隠して持ってこさせていたのは、琥珀なんかじゃない。琥珀色のシングルモルトでしょう？　あなたは笹川さんの推理を聞いて、柏崎さんが自分のお酒を盗んだと考えたんだ」

一同が息をのむ音が聞こえた。

「角山さん、本当ですか」

園長は問いただした。

「あなた、これ以上飲んだら死んじゃうと言われてここへ来たんでしょう？」

「何を根拠に！」

角山さんは大声を出した。ユリオは表情を変えず、「さくら」と促してくる。さくらは何に使うのかも聞かされず、言われるままに隠し持っていたそれを、ユリオに渡した。……角山さんの部屋の枕元に置いてあった、ヤシの木の置物だった。

「よくできてますね、これ」

「返せっ！」

椅子から飛び上がる角山さんを躱《かわ》すと、ユリオはヤシの木の麻布のような木肌を爪でひっかいて、一本外し、自らの口の中に放り込んだ。

「美味《うま》い。やっぱりサキイカはお酒のつまみに最適ですよね」

「サキイカ⁉」

柏崎さんと笹川さんが同時に叫んだ。

「角山さんは二週間ごとにホームにやってくるお孫さんの優くんにお小遣いを渡し、こっそりスキットル……これくらいの小さな容器に入れたウイスキーを運ばせていたんですよ。そして来るたびに、飲み終えた容器を封じ込めたテディ・ベアを持ち帰らせていた」

四体のテディ・ベアのローテーション。そういう意味があったのだ。

「最近はおそらく、おつまみも要求していたのでしょう。このサキイカ製ヤシの木、いいアイデアですね。臭い対策に芳香剤まで置いておくなんて」

角山さんの表情を見る限り、ユリオの推理は正しいようだった。

「お部屋でこっそり楽しんでいればバレなかったのに、風流心があだとなりましたね」

ユリオは微笑みながら角山さんに言い、一同のほうを向き直った。

「それではいよいよ、昨晩何があったか、説明しましょう」

ユリオはゆっくりと、一番奥のテーブルへ歩んでいった。

＊

「まずは、テーブルに上げられていた椅子と、このテーブルの上にこぼれていたお部屋の芳香剤の秘密からです」

「やっぱり全部、意味があったというのか」

笹川さんが眉をひそめた。その横で、コヨノさんは鼻歌を歌いながら、刺繍を続けている。

「さくら」

「はい？」

突然名を呼ばれ、さくらはどぎまぎする。自分の持っているヤシの木がサキイカ製だったことも全然気づかなかった私に、何の質問？

「芳香剤をわざと倒して中身をこぼす人間がいたとしたら、それは一体、何をごまかすためか」

「ええと……臭い？」

「何の？」

「何の……って、サ……」

キイカと言う直前に、ユリオの目線がちらりと角山さんのほうに動いた。それで、ピンと来た。

「ケ。お酒。ウイスキー」

「そのとおり。角山さんは昨日の夜中、ここへきて一人、止められているウイスキーを飲んでいたんですね。ここなら廊下から見えることはないですから」

角山さんは目を伏せたまま答えない。

「ちょっと待て」

笹川さんが人差し指を立てる。

「隠れて飲むなら自分の部屋にしておけばいいものを。廊下から見えないとは言ったって、誰かが見回りに来るかもしれんだろう」

「月じゃよ」

その疑問に答えたのは、ユリオではなく、柏崎さんだった。じゃらりと腕輪を鳴らしつつ、窓の外を指差す。

「笹川さんあんた自分で言ってただろう。昨日は満月だったんじゃ。角山さんの部屋は北側で月は見えん。食堂のこの位置なら、趣《おもむ》き深い竹林と、空に浮かぶ月が見える。……以前住んでおった山の家を思い出していたのだろう？」

なるほど、とさくらは思う。角山さんは何も答えず、首を軽く動かしただけだったけれど、柏崎さんの説明に、笹川さんも園長も納得したらしい。

「柏崎さんの推理に俺も同意します。ところが、しみじみと飲んでいた角山さんをアクシデントが襲ったのです。肘か何かで、テーブルの上に置いてあったスキットルを倒してしまったのでしょう」

角山さんがひさびさに顔を上げ、ユリオを見つめた。なんでそんなことまで……というような表情だった。

「テーブルの上にこぼれたウイスキー。角山さんは当然、拭《ふ》こうとしたでしょう。ところが、拭くものがない。厨房への扉は施錠されていて布巾《ふきん》は持ち出せない。自分の服を使うことも考えたけれど、ヘルパーさんが洗濯をするときに、臭いに気付かれてしまうかもしれない。追い詰められた角山さんは、目の前にあるものを利用してウイスキーを拭き取ろうという発想に至ったんです」

「目の前にあるもの……?」

さくらは食堂を見回す。すると柏崎さんが言った。

「まさか、この椅子か?」

「そのとおり。この椅子のクッションは布張りになっていて、液体なら吸い取ってくれます。ただ、吸い取らせただけではアルコールの臭いが残ってしまうかもしれない。それで、そこの棚にあった芳香剤を倒し、臭いをごまかそうとしたんです。さらに、完全に酒を吸わせるため、椅子を載せたまま立ち去ることにした」

「それじゃあ、このテーブルだけ椅子を上げれば済む話じゃないかね」

笹川さんが口を挟む。

「このテーブルだけだったら怪しいでしょう。カモフラージュのため、角山さんは食堂じゅうの椅子をテーブルに上げることにしたのです。誰かが見回りに来るかもしれない状況で、この作業は緊張を伴うものだったでしょう。さらにそのとき、住居棟のほうから柏崎さんの声が聞こえてきた。〝深夜講義〟だと悟った角山さんは、誰かが目を覚まし、ひょんなことから食堂へ来てしまうかもしれないと考え、ビビンパ鍋が伏せてあるテーブルだけは放っておいて、急いで部屋に帰った。緊張と疲労でへとへとだった角山さんは、ベッドに倒れるとすぐにぐっすり眠ってしまったでしょう」

そういうことだったのか。角山さんは何も反論しようとしていない。

「あの……」

全員が事実を脳内で確認する沈黙が過ぎたあとで、組田園長が声を出した。

「大変明快な推理だと思いますが、今の話だと、テディ・ベアが出てきてませんね」

「おお、そうだそうだ」

笹川さんが手を叩く。

「テディ・ベアの胸を裂いて、ウイスキーを盗ったのは誰だっていうんだ?」

ユリオはもっともな疑問だとでも言いたげに二回うなずき、

「角山さんの一連の行動を見ていた人物ですよ」

と答えた。

「その人物は、角山さんがテディ・ベアのからくりを使ってウイスキーを入手し、隠れて飲んでいることを知っていた。そして昨晩、角山さんがスキットルを持って食堂へ向かうのを、偶然見かけたのでしょう。その人物は、今なら盗めるかもしれないと、二階の角山さんの部屋まで行った。角山さんが持ち出していたスキットルは以前に優くんが持ってきていたもので、昨日届いたテディ・ベアの中にはまだフルに入ったスキットルが残っているのが、手触りでわかった。角山さんがいつ帰ってくるかわからないし、心理的に落ち着きたかったこともあってか、一連の作業は自室でやろうと、テディ・ベアを盗み出した。もちろん、胸の中からウイスキーを盗った後、隙を見て部屋に戻しておくつもりだったのでしょうが、二階から階段で降りた直後、それができない状況に追い込まれてしまったのです。柏崎さんの、〝深夜講義〟です」

一同の顔が、柏崎さんのほうへ向いた。

「柏崎さんが出歩いているため、部屋に戻れなくなってしまったんですね。玄関にも憩いルームにもカギがかけられているし、うろうろしていると宿直のヘルパーか他の部屋から出てきた入居者に見られてしまうかもしれない。やむなく食堂へ向かうと、角山さんがなぜか椅子をテーブルの上に載せる作業を終えるところだったのです。とっさに観葉植物の陰に身を隠し、〝深夜講義〟の声に焦った角山さんが階段のほうへ去っていくのを息を殺して見届けた。柏崎さんの〝深夜講義〟が終わるまでは帰れないが、とにかく早く作業を終わらせてしまいたい。ですが、作業をするのには明るさが必要です。その人物はダウンライトの光の当たるビビンパ鍋の上にテディ・ベアを置いて作業を始めた。他のテーブルには椅子が載っていて邪魔だったという事情もあったでしょう」

ユリオは続ける。

「ところが、いざ胸を開いて心臓であるウイスキーを取り出したとき、その人物にとってまったく予想外だったことが起きた。食堂の鈴木さんが、忘れ物の鳩サブレを取りに裏口から厨房に入ってきたのです。厨房のドアのすりガラス窓から電気がつけられたのを見た瞬間、その人物は飛び上がらんばかりに驚いた。テディ・ベアをそのままにし、ハサミを置いて自室へ戻ったのです。この頃までには〝深夜講義〟は終わっていたので、部屋に入るのに支障はなかった。ただそれ以降は、怖くて外へ出ることができなかった。ゆえに、胸を開かれたテディ・ベアは、石焼ビビンパ鍋の上に残ったというわけですね」

……つまり、マヤ文明の儀式はまったく関係なかったのだ。そんなことより、みんなの疑問は別のところにある。

「その〝ある人物〟っていうのは……」

「まず大前提として、柏崎さんと同じく一階の居住者だ」

ユリオは言った。一階には101号室の他に九も部屋がある。

「それから、角山さんのアルコール依存症の過去を知っていたか、あるいは、優くんが密かにテディ・ベアの中にウイスキーを忍ばせているのを知っていた人物」

「どうやって知るんだ、そんなこと」

笹川さんが突っかかった。

「優くん本人に聞いたのでしょう。角山さん以外で、優くんと仲良くしている人はいませんか?」

さくらははっとする。一人、心あたりがある。だけど……まさか……、

「あのヘビの裁ちバサミも、偶然拾った犯人がそばに置いていったと当たり前のように考えていたけれど、一番怪しいのは持ち主じゃないか」

一同の目が、ある人物に注がれた。

注目されているその人物は、何も聞こえないような顔をして刺繍を続けている。

「嘘でしょ」

さくらはユリオに言った。

「だってコヨノお婆ちゃんは……」

その先の言葉は飲む。ご老人たちの前で、ボケているだなんて口にできない。ユリオにはそれがわかったようだった。

「さくら。コヨノさんが窃盗計画を練った理由は、まさにそこにあるんだよ」

刺繍の手が、ぴたりと止まった。

「どういうこと？」

「コヨノさんは、自分の記憶が最近、曖昧になってきていることに気付いていた。ヘルパーさんたちの自分への扱いが変わったりしていることにもね。それで、いつ自分のことがわからなくなってもいいように、あらかじめボケているふりをすることにしたんだ」

手先をじっと見つめているコヨノさん。

「ボケていると思われている自分が、『角山さんがお孫さんに、テディ・ベアの中にお酒を隠して持ってこさせている』だなんて訴えてどうなる？　妄想だと一蹴《いっしゅう》されるだけだ……、そう考えたに違いない」

「…………」

「ココノさんは自分でテディ・ベアのウイスキーを盗み出すことにして、機会を待っていたんだ。しかし、実際は計画通りにはいかなかった。角山さんが部屋に帰ってしまった以上、テディ・ベアを返しにいくわけにはいかない。しかし、自分の部屋に持っていくわけにもいかない。だから、とっさの機転でハサミを置いて、ウイスキーを盗んでいったんですね。あのハサミが現場にあれば、誰かが自分に疑いをかけるためだと見せかけることができる。逆に、容疑者から外れる可能性が高いと考えたんだ」

ユリオはココノお婆ちゃんのそばへ行くと、しゃがんでその顔をのぞき込んだ。

「ドンちゃん、何を言ってるの？」

「もう、嘘をつけないですよ」

「本当に、面白い子ね」

「角山さんを心配してやったことでしょ。誰もココノさんを責めたりしませんよ」

ココノさんは手を止めた。丸い木枠にとりつけられた布には、桟橋《さんばし》のそばに並ぶ二本のアヤメの絵。簡単そうに見えて、細かい技術を要する刺繍だ。ココノさんはユリオの顔を眺めていたが、やがて、テーブルに目を移すと、あきらめたようにふっと息を吐いた。

「……あれ、サキイカだったのね。昨日お邪魔したときにはわからなかったわ」

驚いて息もできなくなるくらいだった。

「ココノさん、あんた……」

角山さんが、しゃっくりを止めようとしているかのように詰まりながら、それだけ言うと、みるみるうちに顔を真っ赤にした。

「自分が何をしたのか、わかっているのかっ！」

激しい怒号とともにつかみかかろうとする。組田園長がその腕を押さえる。

「角山さん、ココノさんはあなたの体を心配してやってくれたんだから」

「違うわ」

ココノお婆ちゃんは、はっきりした声で否定した。角山さんも園長も、ぴたりと動きを止める。

「角山さんの体の心配じゃないのよ。優くんよ」

ココノお婆ちゃんは、射《い》るような視線で角山さんを見つめる。

「優くん、言ってたわ。ぼくがお爺ちゃんの元気の源を運んでいるんだって。……あんなにお爺ちゃんが大好きな孫をそそのかして、禁止されているお酒を運ばせるなんて」

ココノお婆ちゃんの孫たちがもう大きく、なかなかお見舞いにきてくれなくなったことをさくらは思い出していた。優くんに、その姿を重ねていたのかもしれない。

「角山さん、もう、やめなさいね」

角山さんは、がっくりと膝をついた。

ココノお婆ちゃんは再び、ユリオのほうを向いた。

「あなた、私がハサミを置いたのは、疑われないようにするため、というようなことを言ったけど、それは違うわね。逆よ」

「違う？」

「ええ。本当は、クマさんの中のウイスキーが見える形で置いておこうと思ったけれど、もし初めに角山さんが発見したらクマさんごと持っていかれてしまう。でも、私のハサミが置いてあったらどう？　角山さんが発見した場合、私のところへ問いただしにくるでしょう。そのとき大声をあげて園長を頼れば、角山さんの行動を不審がってくれて、やがて私の部屋から盗んで隠していたウイスキーを見つけてくれるでしょう。……もし発見者が角山さん以外の場合も、ハサミをきっかけに私の部屋がチェックされて、ウイスキーが見つかる。つまりあのハサミは、正直に、私に疑いを向けさせるためだったの」

園長も笹川さんも柏崎さんも、目をぱちくりさせてコヨノお婆ちゃんの話を聞いている。話の内容よりも、コヨノお婆ちゃんがすらすらとしゃべっていること自体に驚いているようだった。

「まあ実際には笹川さんの曲がった解釈で、柏崎さんが疑われちゃったのよね。マヤ文明の生贄だなんて、そんなもの私は知りませんよ。男の人はすぐ、変な風に解釈するんだから」

ユリオは信じられないというふうに、頭を振った。

「角山さんがもしまた、お酒のせいで倒れちゃったら……。いつか優くんが、それを自分のせいだと思うようになったら……。私はね、優くんに哀しい思いをさせたくなかったの。孫が傷つくのが、一番怖いもの」

コヨノお婆ちゃんは、ゆっくりとさくらのほうを見た。

「としえちゃん。ドンちゃんと仲良くしてあげてね」

「……はい」

さくらは答えた。コヨノお婆ちゃんの笑顔に午後のゆったりとした陽が注がれる。

「その子、頭はいいみたいだけどちょっと、詰めが甘いところがあるみたいだから」

そしてコヨノお婆ちゃんは、刺繍の続きにとりかかりはじめた。

顔ハメ看板の夕べ

1

バケツをひっくり返したような雨という言葉があるけれど、そんなものじゃない。子ども用プールくらいはある、と、深町《ふかまち》さくらはフロントガラスに叩きつける雨を見ながら思った。時刻はまだ四時過ぎだというのに、ヘッドライトをつけていないと危ない。しかもここは林の中の細い道。時折バス停の標識柱が立っているけれど、本当にバスが通るのだろうか。

「ねえ、あとどれくらい?」

「もうすぐ、本当にすぐ」

助手席のユリオはさっきサービスエリアで買ったばかりのミックスナッツをぽりぽりと食べながら、平然と答える。

「早く届けて、大王のコレクションをゆっくり眺めようぜ」

「やだって。温泉入って、東京に帰る」

神奈川県足柄下郡箱根町《あしがらしもぐんはこねまち》。日本屈指の温泉保養地だ。こんな、山の中の得体の知れない道を軽トラで走っているべき町じゃないはずなのに。

「そう言うけどな、あのコレクションを見たら写真を撮らずにはいられないぞ」

「私、別に顔ハメそんなに好きじゃないし」

「あ、そこの砂利道を左」

「はーい。……えっ」

さくらはブレーキを踏んだ。

道路から砂利道へ入るところに突如現れた、オレンジ色の鉄板。さくらの運転する軽トラの行く手を阻《はば》むように、道のど真ん中に設置されている。そこには、こう書かれていた。

——これより先、道路補修工事のため、車両通行止め
「ちょっと、通行止めってなってるじゃん」

「ありゃー」

ユリオはカシューナッツを口に放り込み、額をぺちっと叩いた。

「どうすんの?」

「いやー、大王、こんなこと言ってなかったんだけどな。ここからもう、歩いて一分もないくらいなんだけど」

ミックスナッツの袋を臙脂色《えんじ》のエプロンのポケットにしまい込んで代わりにスマートフォンを取り出し、ユリオは耳に当てた。先方に連絡を入れようとしているのだろう。

「私、やだからね。この雨の山道を、あんな重いものを運んでいくなんて」

「さすがにそんなことはしない」

「早くしてよ、ここ、追い越し禁止だから」

「あれ、大王、出ないな」

ユリオはスマートフォンをしまって少し考えていたが、クックッと笑い出した。

「どうしたの？」

「ジョークだろ、大王の看板ジョーク。この砂利道の先は、大王の別荘の他には空《あ》き家が何軒かあるだけだ。俺らが来ることがわかってて、こんなの立てたんだよ」

「そうなの？」

「しょうがない。そこに入ろう」

ユリオが指さしたのは後方右。雨のせいで気づかなかったけれど、草の向こうにたしかに広いスペースがあり、白いセダン車と、黒いワゴンが一台ずつ停められている。

「なにここ？」

「よくわかんないけど、前回来たときも、何台か車が停めてあったんだよ。ここらの別荘の、共同駐車場みたいな場所なんじゃないか？」

「ふーん」

さくらは少しバックして、左にハンドルを切る。ユリオの言う通り、ここらが別荘地として売り出された頃に整備された駐車場だろう。ワゴンとセダン車は共に、相模《さがみ》ナンバー。地元の車だろうか。

「なんだかあのワゴン、すごい荷物だな」

ユリオが言った。ワゴン車の後部座席にはプラスチック製の箱がたくさん積まれている。

「でもなんか、片方によせてあるぞ」

また笑い出す。まったく、何がそんなに面白いのか。軽トラをセダン車の横に停車させる。

ユリオは座席の下からビニール傘を取り出していた。

「やっぱりこの雨の中、外に出るつもり?」

「本当にすぐなんだって。ここまで来て、会わないってのは失礼だろ」

無理やり傘を押し付けてくると、ユリオは蛍光灯タイプの懐中電灯を出して、首に下げた。

「とにかく、今日は荷物を運び入れるのは無理ですってことになっても、会って説明しないと」

ドアを開けて外に出るユリオ。

しょうがない。さくらも買ってきた缶入りせんべいを抱えてドアを開けた。襲い掛かってくる雨粒。傘を差すけれど、すぐにジーンズの裾はびしょびしょになってしまう。ふと見ると、ユリオは懐中電灯を、先に停まっていたセダン車のフロントガラスに向けて何かを観察していた。

「何やってんの?」

「ナザールボンジュウだ」

ユリオの視線の先にあるのは、車内のフロントミラーに吊り下げられている飾りだった。青く、ガラス製だと思われる。しょうゆ皿くらいの大きさで、畑にある鳥よけの目玉のようなデザインだった。

「魔よけだっていうけどな。たしかに交通安全のお守りにもなるんだろうな。これ、日本で手に入るのかな」

そしてユリオはあの言葉を吐いた。

「ほしい……」

まったく、こんな豪雨の中でもこの兄貴ときたら。さくらは無性に腹立たしくなり、その背中を叩いた。

「早く行くよっ！」

駐車場を離れながら、ふとさくらは、自分の運転してきた軽トラの荷台を見る。ビニールシートにくるまれた大きな荷物が、主《あるじ》を変えるのを不安がるように横たわっていた。

＊

この荷物をさくらたちが引き取ったのは、今日の昼頃のことだった。

場所は台東区《たいとうく》浅草《あさくさ》、浅草寺《せんそうじ》から隅田川《すみだがわ》方面に少し行ったところにある《鶴浜屋《つるはまや》》というおせんべい屋さんだ。創業五十年を迎えるこのお店の前には、観光客用に設置された「顔ハメ看板」があった。

板に背景や人物を描き、その人物の顔部分だけをくりぬいて作った看板のことだ。観光客は裏からそのくり抜かれた部分に顔をのぞかせ、表から写真を撮ってもらう。さくらだって観光地やなんかで見かけたらついつい顔をのぞかせてしまう。《鶴浜屋》さんも顔ハメ看板を店先に一枚、設置していた。桜舞う隅田川とそこに架かる吾妻《あづま》橋《ばし》。人力車に乗る着物姿の女性の顔がくり抜かれたその顔ハメ看板は店のシンボルだったのだけれど、最近、昔からの贔屓《ひいき》客から苦情というか文句を言われてしまったのだそうだ。――この顔ハメ看板には、東京スカイツリーが描かれていないと。

建設計画が持ち上がったときには景観を壊すと顔をしかめられた六百三十四メートルの電波塔も、出来てしまえば誇らしきランドマーク。ご贔屓のお客さんに言われてはかなわない。この度リニューアルを決意し、古いものは処分されることが決定した。

これをどこかで聞きつけてきたのがさくらの兄のユリオだった。

「明日、浅草まで顔ハメ看板を引き取りに行くから、軽トラを運転してくれ」

モノが溢《あふ》れかえった部屋で、昨晩ユリオはいきなり命令してきた。さくらはもちろん反論した。

「どこに置くのよ」

兄妹《きょうだい》が住んでいる落合《おちあい》の1LDKのマンションは日々ユリオが集めてくるモノで溢れかえっていて、足の踏み場どころか空気の吸い場もないほどだ。それにくわえ、高田馬場《たかだのばば》に借りている二つのトランクルームも満杯だったはず。顔ハメ看板なんて大きなものを置いておくスペースなんかない。

するとユリオはニヤリと笑った。

「引き取ってくれる人がいるんだよ」

ユリオが数年前に知り合った、鳥淵秋貞《とりぶちあきさだ》さんという七十代の男性だそうだ。もともとは某有名旅行会社の重役だったという鳥淵さんは、定年をきっかけに自分の趣味に没頭するようになった。

顔ハメ看板コレクションだ。

旅行会社時代に全国津々《つつ》浦々《うらうら》を訪れた鳥淵さんは、各地の顔ハメ看板を見て、いつしかその奥深さに魅了されるようになった。あるとき、旅行先で処分されかかっている顔ハメ看板を引き取ったことからついにコレクターの道へ。定年後、箱根に別荘を買って、そこに自分のコレクションを安置するようになったのだそうだ。

「今じゃ、本宅よりその別荘にいて、コレクションを眺めて過ごす日々のほうが長いらしい。さっき電話したら、今も別荘にいるから、明日の四時に来いって」

ユリオは楽しそうに言った。

「それさあ……」

さくらは夕食のパンを食べかけたまま、呆れてしまった。

「家族の人、何て言ってんの？」

「奥さんはすでに亡くなっている。貞友《さだとも》さんっていう息子がいるみたいだけど、独立して大阪のほうにいるとか」

　つまり、何もかも自由にやっているわけだ。

「数年前に心臓を患《わずら》って以来、車の運転はしてないんだって。だからこっちで運んであげないと」

「ふーん。それにしても、なんでもコレクターっているんだね」

「顔ハメ看板は結構いるぞ」

　ユリオはいよいよ楽しそうに、さくらのほうに顔を近づける。

「そもそも、『顔ハメ看板』っていう言い方と、『顔出し看板』っていう言い方と、コレクターの中でも分かれてるんだ。鳥淵さんはな、『顔ハメ』って呼ぶ一派の中でも随一の数のコレクションを持つ人で、顔ハメ業界では敬意を込めて『顔ハメ派大王』と呼ばれてるんだよ」

「……もう、それが言いたいだけの派閥《はばつ》でしょ」

　そのあともユリオは、シカゴ万博で初めて披露《ひろう》されただの、カシウス・クーリッジという漫画家が始めただの、顔ハメ看板に関するうんちくを語り続けたけれど、さくらは真面目に聞くのをやめた。


　とにかく今日、浅草の《鶴浜屋》のご主人から、顔ハメ看板と缶入りのおせんべいを受け取ったさくらたちは、そのまま大王の待つという箱根へ向けて出発したのだった。

高速道路を走っているところまで、天気はいい感じだったのに、箱根口インターチェンジを降りたあたりからぽつぽつとフロントガラスに雨粒が当たりはじめ、あっという間に軽トラは子ども用プールをひっくり返したような雨の中を走ることになったのだった。

2

顔ハメ派大王、鳥淵秋貞さんの住んでいるという別荘は、通行止め看板から本当に数十メートル先だった。

二階建ての大きな洋館。屋根も壁もかなり古い。

玄関までの階段の下に金属製の濃緑色の郵便受けがあり、蓋にチラシが挟まっていた。「修」という赤い文字が目に飛び込んできたけれど、濡れてしまうので、足を止めず脇を滑り抜ける。レンガ造りの階段を三段上り、玄関前のスペースへ。庇《ひさし》のおかげで雨からは守られる状態になった。

「すげえ雨だな」

ユリオは頭の上の水滴を払うような仕草をしたあとで、インターホンを押す。

しばらく待ったけれど、誰も出てこなかった。どこかで雷の音がする。

「出てこないな……」

ユリオはもう一度インターホンを押した。

「雨音で聞こえないのかもしれないよ」

さくらは年季の入ったドアノブを握った。引くと、ドアが開く。

「ねえ、開くよ」

勝手に開けるなよとたしなめてくるかと思いきや、ユリオはさくらの手から奪い取るようにしてドアノブを引いて、中に入っていった。

「大王！　いますか、大王！」

玄関ホールは暗かった。さくらも中に入る。いきなり、土間の右手に一枚の顔ハメ看板があった。靴磨きをしている、古臭い格好の少年の絵。黄色い背景には「Tokyo shoe shine boy」と書かれている。

誰もいないんじゃ……と思ったけれど、玄関ホールの奥のドアの小窓に明かりがついているのが見えた。

ユリオは壁を探り、電気のスイッチを見つけた。小さなシャンデリア風の照明がつく。右手、左手にそれぞれ一つずつドアがある。正面に階段があり、登った先は吹き抜けの廊下になっている。電気のついているドアは、階段の左脇を進んだ先にあるのだ。照明がついていないときには気づかなかったが、土間の隅には、女性用の靴がそろえて置いてあった。

「あれ、これ開くぞ」

ユリオは靴磨き少年の顔ハメ看板の一部に穴があるのを見つけた。指を引っかけて引くと、靴箱になっていた。数足、靴が入っている。

そのとき、ようやく控えめに奥の扉が開いた。

顔をのぞかせたのは、三十半ばの女性だった。髪は短く、花柄のエプロンを身につけ、不安げな様子でこちらを観察している。クリーム色のトップスに、黒いパンツ、左手に、花をかたどった青いレースの腕輪をつけている。黒地にピンクの水玉の靴下が、おしゃれだった。

「えっと……、ひょっとして、立花《たちばな》さんですか?」

ユリオが恐る恐る訊ねる。

「……ええ」

彼女は答えた。

「通いの家政婦の」

「そうです」

ユリオは安心したように微笑《ほほえ》んだ。

「昨日、大王が電話で言ってました。今月から来てもらってるんでしたよね。あ、申し遅れました。私たちは東京から参りました、《ほしがり堂》の者です」

「ほしがり?」

「今日、コレクションに加えていただく顔ハメ看板を持って、四時に伺うことになっていたはずですが」

「ああ」

立花さんは合点がいったようにうなずいた。

「そういえば、聞いております」

「大王はどちらに?」

「ええと……、外に出ているのかもしれません」

「この雨の中をですか?」

「私、つい三十分前に来たもので。そのときから誰もいらっしゃる気配がないので、わかりません。三十分前は、雨、降っていませんでしたから、お散歩にでも出掛けたのではないかと」

「そうでしたか。ところで、下の駐車場に停めてあったセダンは、立花さんのですよね」

立花さんの目が、一瞬大きくなったように見えた。

「いいえ。私は、近くのバス停までバスで来て、ここまで歩いてくるんです」

「えっ、そうですか……」

ユリオは意外そうだ。

「ああ、私ったら、気づかないですみませんね」

立花さんは突然慌てたように、左手の扉に手をかけた。

「今、タオルをお持ちしますので」

その扉の向こうは廊下になっている。バスルームはそちらにあるようだった。立花さんがドアに入ったのを見届けると、くしゃみが一つ出た。タオルを貸してくれると聞いて、急に寒気が襲ってきたのかもしれない。

もう一つくしゃみをしたそのとき、さくらはぎょっとした。すぐ右手の階段の上で、何かが動いたからだ。

「ひっ」

「なんだよ」

ユリオがうっとうしそうにさくらを睨《にら》みつける。

「今そこに、誰かが……」

「ん？」

指さした階段の上から、のっそりと人影が現れた。鳥淵秋貞さんかと思ったけど、どう見ても三十代から四十代だ。短髪に不精髭《ぶしょうひげ》が怖い。灰色のTシャツに、ぴったりした革のパンツ。ポケットのあたりが盛り上がっているのは、鍵が入っているからだろうか。

彼はゆっくりと降りてきた。こちらを観察するような、不審げな目つき。胸板が厚く、腕や腿《もも》も太く、柔道かプロレスでもやっていそうないでたちで、ひょろ長いユリオなんてすぐにのされてしまいそうだ。

「ええと……、ひょっとして、鳥淵貞友さんですか？」

ユリオのほうから、声をかけた。

「ああ」

彼は低い声で答えた。顔ハメ派大王の息子さんだ。

「よかった。こちらのほうに来ているとは知らなかったもので。東京から来ました、《ほしがり堂》という、まあ、リサイクル業者みたいなものです。浅草の顔ハメ看板をお届けにきました」

怒ったように沈黙しながら、ユリオを眺める貞友さん。とそのとき、立花さんがタオルを抱えてやってきて、「はっ」と驚いたように立ち止まった。

「どうしたんです、立花さん？」

「……そちらの方は？」

立花さんと貞友さん。二人は顔を見合わせたまま、ブロンズ像のように固まった。

＊

田舎の駅員や、馬に乗った侍や、いわしを大量に引き上げる漁師……。八人が一緒に座れるダイニングテーブルの周りにはそういう顔ハメ看板がずらりと並んでいる。中でも特徴的なのは、学校の黒板くらいの大きさの板に、鬼ヶ島に上陸する桃太郎一行と迎え撃つ鬼たちが描かれた顔ハメ看板だ。顔がくり抜かれているのは、桃太郎と犬、猿、キジ、それに鬼二人という、一気に六人が記念撮影できるものだった。ここ箱根町は足柄だから、桃太郎じゃなくて金太郎の地元だろうに。

さくらは立花さんに貸してもらったバスタオルで髪を拭《ふ》いている。その横でユリオはバスタオルを首にかけたまま、ふむふむとうなずいている。

「そうですか。休暇を取ってこちらに」

「ああ、そうさ」

タバコの煙をくゆらせながら、貞友さんは答える。

「ずっと、大阪のほうで、音信不通だったと聞きましたが」

「うん、まあな」

「このコレクションにうんざりしていたとか」

貞友さんはあたりを見回す。

「親父の趣味もそろそろ認めてやらないといけないと思って、俺の方から連絡してやったのさ。すると、久々に顔を見せろというじゃないか。予定を無理やり空けて来てやったっていうのに」

「こちらにいらしたのは、何時くらいのことですか？」

訊くと、貞友さんは天井を見上げて思い出すような顔をした。

「あれは、一時か、二時くらいだったかな。玄関の鍵が開いてたんで入ったが誰もいなかった。二階の部屋をのぞいてみたら、ベッドがあった。疲れていたから眠ってしまったのさ。目が覚めたらこの雨だろう」

「びっくりしたでしょう」

「部屋を出てみたら、階下で聞きなれない声が聞こえたことのほうがもっとびっくりした。階段のところまで来たら、あんたの妹に不審者扱いされてたな」

貞友さんは初めて笑みを見せた。

「どうもすみません……」

さくらは頭を下げる。

「立花さんがここへ来たのは？」

「三時半くらいのことだったと思います」

ソファーのそばに佇《たたず》んでいた立花さんは答えた。

「二階には上がってない？」

「ええ」

「じゃあ、さっきが初めましてだったんですね。なんだ、びっくりしちゃったよ。なあ」

とさくらのほうを向く。

「旦那様からは、写真を見せていただいたことがありましたが、何せ、子どもの頃の写真だったものですから。そういえば、目のあたりに面影が……」

立花さんが貞友さんの顔を見ながらそこまで言ったとき、「あれ？」とユリオはまた不思議そうな顔をした。

「そういや、貞友さんが今日来ることは、立花さんは聞いてなかったんですか？」

「今日行くとは、言ってなかった」

立花さんより先に貞友さんが答えた。

「今日か明日か、暇になったら行くと伝えておいたんだ。そういや俺も、家政婦を雇いはじめたと親父からあんたの写真を送られていたっけ」

「なーるほどね」

ユリオはやっと納得し、両手を頭の後ろにやる。

「でもさあ」

さくらはようやく、気になっていたことを口にすることにした。

「どっちにしろ、秋貞さんがどこに行ったかはわからないわけでしょ」

顔ハメ看板の向こうには、大きな窓がある。外ではまだ、雨がざんざん降っている。そのうえ、だんだん暗くなってきていた。

「こんな雨で外に出ていて、危なくない?」

「そうなんだよなあ。心配だなあ……あれ?」

ユリオがまた、疑問符付きの声をあげた。桃太郎の顔ハメ看板の後ろの壁にシンプルな飾り棚があり、芋焼酎《いもじょうちゅう》の瓶が等間隔に並べられている。

「一本足りない」

たしかに、ボトル一本ぶん、空いている。

「立花さん、知りません?」

「いいえ……」

「あっ、ひょっとしたら、コレクション部屋じゃないか」

「コレクション部屋って」

さくらは仰《の》け反《ぞ》りそうになる。

「この他にまだ、顔ハメ看板が収納してある部屋があるっていうの？」

「お前な、こんなのコレクションのほんの一部だぞ。コレクション部屋には百枚はあるぞ」

「百枚！」

「玄関入ってすぐ右の、あの扉の向こうなんだよ」

ユリオはバスタオルを首にかけたまま、玄関ホールへ出て行く。さくらたちもそのあとを追う。ユリオは玄関の土間に降り、「Tokyo shoe shine boy」の靴箱を開けた。

「それ、靴箱だったのか……」

さくらの背後で、貞友さんが言った。

「これ、どうです？　泥が新しいと思いません？」

中から靴を引っ張り出し、ユリオは立花さんに見せた。

「ええ、そういえば」

「最近、これ、履いてました？」

「さあ、よく覚えていません」

「……ひょっとしたら大王、外には出てないんじゃないか？」

ユリオは靴を戻して玄関ホールに上がると、右手の重厚な木の扉の前に立ち、ドアノブをがちゃがちゃとさせた。

「やっぱり、開かないか。大王は用心深くてさ、この部屋の出入りの時以外は外にいても中に入っても、必ず鍵をかけるんだよ」

「何のために?」

さくらは訊ねる。

「盗難防止と、鑑賞に集中するためだよ」

「誰が顔ハメ看板なんか盗むのよ」

さくらの言葉を無視し、腕を組んで扉を見上げるユリオ。

「中にいてもインターホンは聞こえると思うんだけど、寝てるのかな。高齢だし、なんか心配になってきた……。合い鍵とかあればいいんだけど」

「あります、合い鍵」

さくらの後ろに立花さんが立っていた。

「本当ですか?」

「取ってきますね」

立花さんは一度、奥のキッチンに入ると、古めかしい鍵を手に戻ってきた。ユリオはそれを受け取り、鍵穴に挿し込む。一回転するとカチャリと音がした。

ドアの向こうで四人を待ち受けていたのは、顔のないドレスの女性たちだった。ナイトドレス、チャイナドレス、ウェディングドレス……。もちろん全て、板に書かれ、顔をくり抜かれた顔ハメ看板だ。その奥にもたくさんの顔ハメ看板が並んでいるようだった。天井を見上げる。セスナでも収納できそうなくらいの大きな部屋……部屋というよりもう、倉庫といってもいいくらいじゃないだろうか。

「だーいおーう！」

ユリオは、ウェディングドレスの顔ハメ看板の穴に、表から顔を突っ込み、大声を上げた。

「《ほしがり堂》のユリオがきましたよーっ！」

気配がない。

ユリオはずかずかと部屋に入っていき、一番端のカクテルドレスの顔ハメ看板の裏に回ったかと思うと、しばらく歩いてチャイナドレスの穴に顔をハメ、さくらたちを見た。

「ほら、三人も一緒に来て」

ドレスシリーズの奥に並んでいたのは、全国津々浦々の観光地から運ばれてきたと思われるコレクションだった。天橋立《あまのはしだて》、桜島《さくらじま》、室戸岬《むろとざき》などがある。海沿いシリーズだろうか。それにしても……、

「なんかさあ、顔ハメ看板って、裏から見たら間抜けじゃない？」

さくらはドレスの顔ハメ看板の裏を見ながら言う。

「こっちから見たらただの板だよ。表側に立っている人からはわかるのに、本人だけ自分がどんな姿に見えているのかわからないじゃん」

「ああ、それは案外、顔ハメ看板というものの本質をついているかもしれない」

さくらの前を行くユリオは笑いながら言った。

その後も、顔ハメ看板の迷路は続いた。海沿いシリーズの向こうに待っていたのは、スポーツシリーズ、名画シリーズ、特撮ヒーローシリーズなどだった。いつまで続くのだろう……と

思ったそのとき、突然この探検に終止符が打たれた。

「えっ？」

円を描くように顔ハメ看板が並べられた中央に、茶色の革張りの一人がけソファーが置いてある。

そのソファーの下に、ナイトガウン姿の大柄の男性が、うつ伏せになって倒れていた。そばには小さなテーブルが倒れ、焼酎の瓶と氷入れ、タンブラーが転がっている。ほのかにアルコールの香りがした。

「大王！」

ユリオが叫んで、男性のもとに跪《ひざまず》く。体を揺さぶるけれど、反応がない。立花さんと貞友さんはさくらの横で、呆然とその様子を見ている。突然のことに、体がいうことをきかないんだろう。さくらは今まで何度か死体を見ているので、少し免疫があった。

「今、救急車を呼ぶね」

ポケットからスマートフォンを取り出す。

「さくら、もう遅い」

さくらをたしなめるように、ユリオがやけに重苦しい声を出した。

「助からない」

「そんな……」

立花さんが真っ青な顔で言った。

「死んでいるのか?」

貞友さんが父親のそばにしゃがみこみ、その肩を触ろうとする。

「ちょっと待った!」

驚くほど大きな声を出すユリオ。貞友さんは熱いものでも触ったみたいに、手を引っ込める。

ユリオは床に這いつくばって、グラスの倒れたあたりの臭いを嗅いでいた。

「なにか、アーモンド臭がしませんか」

「アーモンド臭?」

「ええ、これは、青酸化合物でしょう」

「まさか……自殺……?」

貞友さんが言うけれど、ユリオは首を振った。

「コレクションが一つ増える日に自殺するコレクターはいないですよ。それに、遺書が見当たらない」

ユリオはすっくと立ち上がり、一同の顔を見回した。

「大王は、誰かに殺害された。これは、殺人事件だ!」

どこかに大きな雷が落ちたのかもしれない。部屋の電気が、一瞬だけ、暗くなった。

3

午後六時をすぎ、顔ハメ派大王の別荘の玄関ロビーは大変なことになっていた。鑑識や警察関係者が総出で、コレクション部屋から顔ハメ看板を出しては並べている。大王の遺体を外に運び出すためだった。

顔ハメ看板は、本当なら外に出してもいいところを、この雨なので出すことができないのだ。さくらたちはリビングに集い、担当となった刑事に事情聴取を受けているところだった。立花さんと、貞友さんもいる。二人とも沈鬱《ちんうつ》な顔だ。

「言ってたなあ、大王は生前。俺のコレクションを狙っているやつがごまんといるって」

ユリオだけが、さっきから一人でしゃべっていた。相手は、仲見川《なかみがわ》という名の五十代の刑事。脇では、部下の草野《くさの》という若い刑事が手帳を開いて何かを書いている。

「そういうやつの一人が、最近ここへ来て、あの棚に置いてあった芋焼酎にこっそり青酸化合物を混ぜたんじゃないでしょうか。昨日、いつもどおりほろ酔い気分でコレクションを愛《め》でようと思った大王は、焼酎のボトルと氷とグラスを持ってコレクション部屋に入り、鍵をかけ、椅子に座り、焼酎を注いで口に含んだ。とたんに体中に毒が回って、あんなことに……」

下唇を噛む。

「仲見川さん、最近この屋敷を訪れたやつらを、片っ端から当たったほうがいいんじゃないですか？」

するると仲見川刑事は首をすくめ、「その前に」と言った。彼の手の中にあるのは、ユリオが先ほど手渡した名刺だ。

「あんたがた二人の素性から明らかにしないと」

「えっ！」

ユリオは目を丸くした。

「この二人はいい。ちゃんとお互いが証人になっている」

貞友さんと立花さんは、身分証の提出を求められたが、二人とも免許証を持っておらず、バスでここまで来たと言った。だけど、貞友さんは秋貞さんから送られた写真で立花さんのことを知っているし、立花さんも写真で貞友さんのことを知っている。

「そもそも、亡くなった秋貞さんの息子さんと、秋貞さんが直々に雇った家政婦なのだから怪しいはずがないですよね」

草野刑事が笑いながら言った。

「俺だって、免許証見せたでしょ」

「あんたの免許証じゃなくて妹さんの免許証だろう。それは認めるが、どうもこの名刺と、そのエプロンが胡散臭《うさんくさ》くてな」

「サイト見てくださいよ、サイト。名刺にＵＲＬが書いてあるでしょ」

「変なもんばっかり売ってますよ」

草野刑事がテーブルの上のスマートフォンを、仲見川刑事に見せる。

「ん？　なんだこの、腹筋トレーニング中みたいな石像は」

「チャックモールです」

先日、《立川ふくふく園》の柏崎《かしわざき》さんから、譲り受けたものだった。

「六十万円って……。誰が買うんだ、こんなもの」

至極《しごく》もっともなご意見です。そういう言葉が口をついて出そうになるのを、さくらはぐっと我慢する。右隣で、こほん、とわざとらしい咳が聞こえた。

貞友さんだった。

「俺もな、実はずっと怪しいと思っていたんだ」

「リサイクル業者だなんて言って、嘘なんじゃないのか」

「なっ、さくら、なんとか言ってやれ」

さくらは焦ったけれど、機転を利かせて、おせんべいの缶を手繰《たぐ》り寄せた。ふたを開けると中に、《鶴浜屋》さんのことが書かれた紙が入っている。

「私たち、午前中に浅草の《鶴浜屋》というおせんべい屋さんに行って、顔ハメ看板を引き取ってきたんです。ここに電話番号があるから、かけて確認してみてください」

草野刑事は訝《いぶか》しげだったけれど、仲見川刑事がうなずいたので、さくらの手から紙を受け取り、電話をかけるべく廊下に出ていった。

「まあ、いずれにせよ、大高《おおたか》先生が来るまでは動けないからな」

部下を見送ったあとで、仲見川刑事がつぶやくように言った。

「誰ですか、大高先生って」

「いつも検視を頼む先生だよ。今日はもう帰宅ずみだったところを、こっちに向かってきてもらっている」

「死因は青酸化合物でしょう……？」

ユリオは顔をしかめた。

「ちゃんと調べてもらうまではわからん」

「あの……」

控えめに話に入ってきたのは、立花さんだった。

「私はいつ、帰れますでしょうか。最終のバスがありますので」

「いつです？　最終のバス」

仲見川刑事より先に、ユリオが訊ねる。

「六時三十分くらいだったと思います」

あと三十分もない。

「申し訳ありませんが、もうしばらくこちらにいていただきます」

仲見川刑事が言った。

「事実関係がはっきりしたら、部下に送らせますよ。こんな雨の中じゃ、下に降りていくのも大変でしょう」

「そうですか……」

立花さんは明らかに意気消沈《いきしょうちん》していた。急な事件に巻き込まれたうえ、雇い主を喪《うしな》ったのだから、それは当然と言えるだろう。

「冗談じゃないぞ」

貞友さんが起立した。

「警察がうじゃうじゃしている家の中でなんか待てるか。飯も食わないで」

「おせんべいありますよ」

さくらは勧めるが、ユリオが止めた。

「せんべいなんかじゃ腹、膨れないだろ。あ、そうだ立花さん」

名案が浮かんだとでも言いたげに、その顔は明るくなる。

「何か作ってくれませんか?」

「えっ」

「どうせ今日は、大王の夕食、作るはずだったんでしょ。キッチンの冷蔵庫に何かないんですか?」

「ええと、あると思いますが……」

その食料に毒が盛られている可能性は考えないのだろうかとさくらは少し思ったけれど、ユリオの暴走の勢いの方が強かった。

「お願いしますよ、ねえ。うちの妹、好きに使っていいですから」

また勝手に。立花さんは気が進まなそうにユリオとさくらの顔を見比べていたけれど、「仕方ありませんね」と立ち上がり、キッチンのほうへ向かった。

「ほら、お前も」

ユリオが背中をつついてくる。さくらはむくれながら、立花さんの後についていった。

4

米のとぎ汁が流れていく。シンクは結構広いが、やっぱり年季が入っていて、ステンレスのあちこちに傷がついていた。

とぎ汁をすっかり流したところで、水を注ぎ、五合のラインまで入れて止める。炊飯ジャーにセットして蓋を閉めた。デジタル表示盤がモードの選択を促してくる。

「ええと、すみません」

さくらは、ガラス製の大皿にレタスを盛り付けている立花さんを振り返った。

「はい?」

「これ、〈通常〉と〈早炊《だ》き〉と、どっちを押せばいいんですか?」

「〈早炊き〉のほうが早く炊けるんじゃないかしら」

そりゃそうだろうけど。立花さんの言うとおり、早炊きのモードでスイッチを押す。これで操作は合ってるんだろうか。まあいいか。

さくらは右手のほうに目をやった。

さすが顔ハメ派大王の別荘とでも言うべきだろうか。そんなに広くないキッチンなのに、顔ハメ看板が一つ置いてある。顔の部分がくり抜かれているのは、シェフだ。フライパンの上に七面鳥か何かの鳥の肉をのせて焼いているところで、肉の脚の部分にくりつけられた札に、「100000」という数が描かれていた。あまり上手くないタッチの絵で、直感的に外国のものだろうとさくらは感じた。

奇妙なのは顔ハメ看板そのものじゃなく、その位置だ。食器棚と壁の間にぴったり嵌《は》まるように置かれているのだけれど、これのせいで勝手口が塞がれてしまっているのだ。

「立花さん。あれじゃあ、外に出られないじゃないですか」

「そうなんですよ」

立花さんは、少し煩《わずら》わしそうな顔をした。

「どけてはいけないんですか？」

「旦那様のいいつけなので」

またレタスをちぎってガラス皿に盛り付けていく。

「お米のセット、終わりましたか」

「あ、終わりました。次は何をすれば」

「冷蔵庫の中にお肉と根菜類がありますので、煮物とか」

「煮物……はい」

この家政婦さん、口調は丁寧《ていねい》だけれど、けっこう人を使う。一応、お客なんだけどな……。

シャンパンゴールドというのだろうか。あまり大きくはないけれど高級そうな色の冷蔵庫だった。野菜室を引き開けると、たしかにレンコンや人参《にんじん》、じゃがいもなどが入っていた。

「うまくできるかどうか、自信がないですけれど」

「手伝いますから、大丈夫ですよ」

手伝っているのはこっちのはずなのにと思ったけれど、さくらはうなずいた。

人参の皮を剝き、じゃがいもにとりかかった頃、立花さんは再び話しかけてきた。

「それにしても、ご兄妹で、珍しいお仕事をしていますよね」

「ええ、まあ……」

さくらは、一度は就職したけれど自主退職して、仕方なくユリオの手伝いをしていることを明かした。

「苦労してますね」

「苦労……してますね」

二人で野菜の皮をむきながら話を続ける。

「でも、いちいちお兄さんについていく必要、あります？」

「うちの兄、免許を持っていないんですよ。それで、軽トラ運転させられてあちこち行かされて。こないだなんか、ゴミ屋敷に行ったんですけど」

先日のウサギの天使事件のことを話しはじめたそのとき、リビングに通じる扉が開いて、ユリオがひょっこり顔を出した。

「ねえ、……ん？」

さっそく、勝手口に置かれているシェフの顔ハメ看板に注目した。

「鴨《かも》にナンバーが。まさか、ラ・トゥール・ダルジャンにあった顔ハメ看板じゃないだろうな。そんなの聞いたことないぞ」

わけのわからないことをつぶやいている。

「何よ、ユリオ」

「ああ、いい加減、せんべいだけだと飽きてきたんで、何かできたものがあったらと思って。人手も足りないでしょうから俺が運びます」

結局、おせんべい食べたんじゃん。

「では、このサラダをお願いします」

立花さんはレタスとトマトのサラダをユリオに手渡した。

「おお、美味《おい》しそうだ。あ、ところで立花さん、お訊ねしたかったんですが」

ユリオはあたりをキョロキョロする。

「さっきの、コレクション部屋のスペアキーって、どこに置いてあったんですか？」

「ああ、ここです」

立花さんは、エプロンで手を拭くと、食器棚の脇の壁に掛けられていた絵を取り外した。壁に小さな蓋のような扉がついていて、開くと鍵が収められていた。ご丁寧に「コレクション部屋スペア」と書かれている。

「へぇー、大王、手が込んでるなあ」

「そうですね」

「ありがとうございました。さくら、ドレッシングと取り皿、持ってこいよ」

勝手なことを言ってリビングに戻っていく。立花さんは絵を壁に戻すと、作業に戻った。

さくらは冷蔵庫からドレッシングを取り出し、食器棚の前に立った。手の届く位置に、やたら目立つ食器があった。赤や黄色や青やピンクなど、とにかく色彩豊かに細かい花の図柄が描きこまれている。一枚一枚、デザインが違うようで、どこか東洋的な香りがした。大きさはサラダを取り分けるのに手頃なサイズだ。

「これでいっか」

さくらは重なったまま五枚取って、リビングへ運んでいった。

「ああ、妹さん」

声をかけてきたのは、草野刑事だった。

「浅草の《鶴浜屋》さんに確認が取れました」

「ついでに、杉並南署《すぎなみみなみ》にも。以前にも警察の捜査に協力したことがおありのようですな」

仲見川刑事が言うけれど、その口調は優しげというより、どちらかというと皮肉っぽかった。

上座では貞友さんが腕を組んだまま仏頂面《ぶっちょうづら》をしている。なんだか、雰囲気が悪い。

「わお、いい皿じゃん」

ユリオだけが、さくらの持ってきた取り皿を見て騒いでいる。

「じゃあ、私、料理の途中ですので」

ぺこりと頭を下げてキッチンへ戻ってくる。

「さくらさん」

戻ると、人参の皮剝きを終えたらしき立花さんが、食器棚の中をのぞいていた。その顔が少し驚いたような感じなので「はい？」と訊き返す。

「ここにあったお皿、持っていきました？」

「はい。なにか、まずかったですか？」

「あー……」

立花さんは右手の親指で額を掻くようなしぐさを少ししたかと思うと、「いや、いいんです」と笑った。明らかに作り笑顔だった。

「あの、本当に私……」

「大丈夫、大丈夫」

それ以降、立花さんは口数が少なくなった。

5

煮物が出来上がり、ステーキも焼き上がり、お米も炊き上がって、さくらが食卓に着くことができたのは、午後八時を回ろうとしているときだった。

ユリオと貞友さんはすでにサラダとおせんべいで小腹は満たされていたみたいだけれど、ステーキが目の前にやってくると再び食欲がわいたみたいだった。

「刑事さんたちもどうぞ」

立花さんは愛想よく勧める。

「これは、いいんですか？」

草野刑事が仲見川刑事の顔を窺うが、

「事件現場で食事をご馳走《ちそう》になるというのはいかんな。外の連中の分はないわけだし」

「そうですよね」

残念そうな顔をして、桃太郎の顔ハメ看板に手を置いた。

「どうぞ皆さんは、我々に遠慮なく」

「ええ、そうさせてもらいます」

ユリオは図々しく言って、ステーキをひと切れ口に放り込み、「うまい」と微笑んだ。

さくらだって、浅草で昼食を取って以来何も食べていないから腹ペコだ。だけど顔ハメ看板に囲まれたこの空間が落ち着かないし、何より二人の刑事さんに悪い。

「大変ですね、警察の人って」

声をかけると、「ええ」と草野刑事が苦笑いをした。

「特に我々みたいに、管轄内に温泉保養地があるようなところはもう、年中出番が絶えなくて」

「そうなんですか」

「ええ。お盆なんか観光客がどっと押し寄せて犯罪率が上がるでしょ。正月は正月で駅伝に駆り出されて、休みなんかありゃしない」

へっへと草野刑事が笑う横で、仲見川刑事は眉間に皺《しわ》を寄せる。

「箱根に年間どれだけの観光客が来るか知ってますか?」

おしゃべりの部下を咎《とが》めるかと思いきや、さらに深い事情を教えてくれるような感じだ。

「さあ。……五百万人くらい?」

「とんでもない。二千万人ですよ」

「二千万人!」

「そう。東京都民全員が一年に一回来たとして、まだ七百万人以上足りない人数です」

……よくわからないけれど、すごい数だ。

「これだけの人が集まる場所で、犯罪が起きないほうがおかしい。それに加え、温泉保養地というのは変死体が多く上がるんですよ」

「変死体……ですか」

さくらは、大皿から取ったステーキを、小皿のサラダの横に置いた。変死体の話を聞きながら、肉なんか食べられたものじゃないからだ。仲見川刑事はお構いなしに話を続ける。

「それはやっぱり、殺された遺体ということなのか?」

訊ねたのは、貞友さんだった。草野刑事が「いやいや」と手を振る。

「大涌谷《おおわくだに》で刺殺体が見つかったり、芦《あし》ノ湖《こ》に溺死体が浮かんだりっていう、そういうのは二時間ドラマの中だけの話ですよ」

遠慮なく食事をしろと言ったくせに、横で遠慮なく死体のことを話している。本当は嫌がらせをしたいんじゃないだろうか。

「箱根で遺体が見つかるのは主に、旅館の湯船の中です」

「湯船?」

「ええ。お年寄りや、普段運動をしない人なんかも来るでしょう。そんな人たちが突然、箱根の熱い湯に浸かるわけです」

「普段入らないサウナに入って、いきなり水風呂とかもね」

合いの手を入れる草野刑事。

「心臓麻痺《まひ》を起こし、倒れてしまうことだってあるでしょう。誰かがそばにいれば助けも呼べるが、源泉かけ流しで夜通し入れるところも多いからねえ。夜中に一人で部屋を抜け出して、どぼんと浸かることもある。こういう人はたいてい一人です」

「そしてたいてい、酔っ払ってる」

「朝になって湯船にぷかぷか浮いているところを、従業員じゃなくて宿泊客が見つけるなんていうケースも、珍しくないんですわ」

立て板に水といったように話す二人の刑事とは裏腹に、食卓のほうは静まり返っていた。ただ一人、ユリオだけがご飯にがっついている。

「今日、大高先生が遅れているのはまた、別の理由らしいですけれどね」

草野刑事は、フォローにもなっていないことを口にした。

「別荘地のほうでは」

頬いっぱいにご飯を入れた状態のまま、ユリオが仲見川刑事のほうを向いた。

「事件というのはあまり起きないんですか?」

「いやいや」

仲見川刑事は待ち構えていたかのように応じる。

「これが、温泉旅館とは別で、空き巣事件が多くてね」

「やっぱり」

ユリオはご飯を飲み込む。

「留守にするところが多いですもんね」

「そのとおり。実は今日も、ここから三キロと離れていない別荘地で窓が破られて絨毯《じゅうたん》が盗まれたという届け出があってね」

「絨毯？」

さくらは思わず訊き返してしまった。

「そんなもの、盗《と》る人いるんですか」

「いるだろう」

仲見川刑事より先に、ユリオが答える。

「箱根っていったら芸術の町でもある。泥棒だって美術に心得があったりもするだろうよ」

そんなことを思うのはあんただけでしょとさくらは思ったけれど、意外にも仲見川刑事はうなずいていた。内ポケットに手を入れ、メモ帳を取り出す。

「なんでも、ヘレケとかいう高級品だそうで。目利きの犯人という方向性で捜査は進んでいるようですな」

その絨毯の名前にユリオの目が開いたのがさくらにはわかった。ほしがるかと思ったけれど、現物が目の前にないので何もコメントしないようだ。

「殺人事件のようなことは、あまりないのですか？」

立花さんが意外な話題で口を挟んだ。仲見川刑事は彼女のほうに目をやる。

「こういう別荘で、という意味ですか？」

「ええ、そうです」

「あまりないですな。……実を言うと、この屋敷の旦那さんのことも、殺人事件であるかどうか、現段階で私は疑っていましてな」

「ええっ！」

ユリオが背を伸ばす。わざとらしいくらいのリアクションだ。

「そりゃおかしいでしょ」

「だが、鳥淵秋貞さんの遺体の状態はどうも、ただの心臓麻痺のように思えてならない」

「そんな。嗅《か》いだでしょう。あの芋焼酎のアーモンド臭」

よく考えたら変な表現だとさくらは感じた。芋焼酎のアーモンド臭。

「さあね。毒物には詳しくないもので」

「俺も。最近鼻が詰まってるんですよ」

二人の刑事はつれない返事。いよいよユリオの訴えは強くなる。

「冗談じゃない。大王は殺されたんだ。きちんと犯人を捕まえてもらわなきゃ、困りますよ」

懇願するような目つきになっていた。

ユリオは、亡くなった顔ハメ派大王とは二回会ったきりだと言っていた。それでも、コレクターに対する敬意は忘れないのだ。

「ねえ、貞友さん。長らく離れて暮らしていたとはいえ、息子さんでしょう？　息子さんだったら、父親を殺した犯人は知りたいですよね」

ユリオは、貞友さんに詰め寄った。

「あ、ああ……、そうだな。刑事さん。私からもお願いする。どうか、犯人を必ず捕まえてくれ」

息子である貞友さんに言われては、仲見川刑事も適当にあしらうわけにはいかないようだった。

「まあ、今、鑑識が焼酎のことは調べていますから、毒物反応の結果を見てからでも。そう簡単に殺人と決め付けるのもね」

「絶対、殺人だって」

ユリオはきかん坊のようになっていた。

「はやく大高先生、来ないかなあ」

草野刑事がため息をつくようにぼやいたそのときだった。

「仲見川さん」

廊下に通じるドアから、鑑識の帽子をかぶった人が顔をのぞかせた。

「大高先生、到着されました」

「おお、来たか！」

待ってましたとばかりに仲見川刑事は出ていった。草野刑事も、トーテムポールの顔ハメ看板の後ろから出てきて、そのあとを追う。

「貞友さんも立花さんも、行ったほうがいいんじゃないですか」

ユリオはなぜか、二人をたきつける。

「あ、ああ……」

「そうですね」

二人はそろって立ち上がり、刑事さんたちのあとを追う。

二人が出ていったあとで、ユリオは大皿に残ったステーキをフォークで口に運び、咀嚼《そしやく》しながらさくらの顔を見て、ニヤリと笑った。

「何なの?」

何かに気づいている。

「ひょっとして、犯人わかったの?」

「犯人なんて、初めからわかってるよ」

背筋に針金を入れられたようにびっくりした。

「誰よ」

「俺たちも行くぞ」

ユリオはステーキをもぐもぐしながら立ち上がり、廊下へ出ていった。

6

大高先生は、六十過ぎぐらいで、小動物のような見た目だった。

頭は禿《は》げ上がっており、耳の周りに白髪《しらが》が少し残るばかり。それも、この雨で濡れてぺったりしている。青いレインコートを脱ぐと、青い作業着だった。

「いやぁ、すごい雨。そして、すごい看板」

玄関スペースに出された顔ハメ看板のコレクションに目を丸くしている。

「大高先生、さっそくで悪いのですが、こちらに」

「ええ、ええ、わかってますよ。だけどこれ、私、靴下びしょぬれだけれども、上がってしまっていいのかね」

「ああ、それはまずいですね」

「タオル、お持ちしましょう」

立花さんがすぐ言って、顔ハメ看板の森の中を、バスルームへと向かっていった。

「いやはや、悪いですね。ええと、これ、表のポストの中に入っていましたけれども」

大高先生が仲見川刑事に差し出したのは、ぐしょ濡れのチラシだった。そういえば、郵便受けに挟まっていたっけと、さくらは思い出す。

「ごめんなさいねえ。こういうの見ると、とっちゃう癖があるの、私」

「俺、受け取ります」

仲見川刑事が苦笑する横で、ユリオが出しゃばって手を出した。大高先生はその勢いに押され、ユリオが誰かも知らないのにチラシを手渡してしまう。仲見川刑事も、もう何も言わなかった。チラシに興味があるのかと思いきや、ユリオはすぐにそれをさくらに押し付けてきた。

「なんすか、それ」

背後の位置に立っていた草野刑事がのぞき込んでくる。

――格安修繕！　いつまでも住みよい別荘を

さっき見た「修」は修繕の「修」だったようだ。

「リフォーム会社のチラシみたいですね」

「《ノビール・ホーム修繕》？　聞いたことねえな。悪徳じゃないかな」

草野刑事はつぶやいた。

「悪徳ですか？」

さくらは訊き返す。

「ええ、このあたりの古い別荘だと、雨漏りだなんだが起こりやすくって、そこにつけこんだリフォーム会社が多いんです」

「つけこんだって、リフォームしてくれるならいいんじゃないですか」

「本当に古くなったのならいいんだけど、持ち主が留守の間に忍び込んで、こっそり屋根に穴を開けちゃう業者がいるんですよ」

「本当に？」

「ええ。やつらはそうしておいて、ポストにチラシを入れて置く。持ち主は久しぶりに来て、それが自然にできたか、もしくはねずみの仕業かと思ってしまう。ふと見るとポストにリフォーム会社のチラシが挟まっているでしょう。それでつい連絡して、修繕を頼んでしまう」

「なんてたちの悪い……」

「ええ、ええ、本当に」

草野刑事は顔をしかめてうなずいた。

「ちょっと待ってください」

話に入ってきたのはユリオだ。しっかり聞き耳を立てていたようだ。

「草野さん、そいつらは、外から屋根によじ登って穴を開けるんですかね？」

草野刑事は腕を組み「さーあ」と首をひねった。すると、仲見川刑事が笑い出した。

「屋根に穴を開けただけでは雨漏りが発覚するのに時間がかかる場合がある。あいつらは内側から屋根裏に入って、しっかり雨漏りするように細工するよ」

「家に入れます？」

「家を直す技術があるわけだから、鍵を開けるのもお手の物だろう」

「なるほどね、ありがとうございます」

ユリオは満足げにうなずいた。いったい、何を気にしているのだろう。

「タオル、お持ちしました」

立花さんが戻ってきた。

「おお、どうも」

大高先生は足を拭いて、よっこらせと上がってくる。そのタイミングでユリオは、仲見川刑事に言う。

「検視の邪魔をしては悪いし、リビングに戻ります」

「あ？……ああ」

仲見川刑事はうるさそうに答えると、大高先生と草野刑事を引き連れ、コレクション部屋の中へ入っていった。

「さあ、戻りましょう。食事の途中だったし」

ユリオは貞友さんと立花さんの顔を交互に見た。何か裏があるとさくらはすぐにわかった。

「食事の続きだったたし、ねえ」

二人も怪訝《けげん》な顔をしていたけれど、ユリオに促され、顔ハメ看板の間を抜けてリビングへと戻っていく。ユリオとさくらがそれに続くことになった。

「おい」

二人に聞こえないくらいの声で、ユリオがさくらに話しかけてくる。

「ちょっと耳を貸せ」

そしてユリオは、さくらに不可解な「作戦」を告げた。

「なんで私がそんなこと……」

「事件を解決するためだろ」

ユリオの顔はいたって真剣だった。

しょうがない。さくらはユリオを残し、リビングに入っていく。立花さんと貞友さんは、手持ち無沙汰《ぶさた》に自分の座っていたところへ戻ろうとしていた。

「立花さん、私、筍《たけのこ》の水煮が食べたくって」

ユリオに耳打ちされたセリフを言う。立花さんはきょとんとしている。

「さっき、食器棚の上にあったのが見えたんですよ、筍の水煮の缶詰」

「あ、ああ……」

「あれよかったら、食べさせてもらってもいいですかね。私、目がないんですよ、筍の水煮に。小学校の頃、サンタクロースに頼んだくらいです、筍の水煮」

そんな子どもがいるだろうかと、自分で言っていて思う。

「いいですけど」

立花さんは押し切られるように答えた。さくらの芝居はまだ続く。

「あー、でもあれ、棚の上にあったからなあ。私の背じゃ届かない。そうだ、貞友さん、取ってくれませんか？」

「俺？」

自分に話が回ってくるとは思っていなかったのだろう。それでも貞友さんは椅子から身を起こした。

「お願いします」

さくらは両手を合わせるしぐさをする。貞友さんは立ち上がった。立花さんも連れ立って、三人でキッチンの中へ。いざ食器棚の前に立つと緊張してきた。嘘をつき通せるかどうか……。

「どこにあるんだ？」

手を伸ばして、食器棚の上を探る貞友さん。

「もうちょっと、奥」

「奥？　見えないぞ……」

二人の顔に、次第に不審の色が浮かんでくる。

「本当にあるんだろうな？」

「ええと……」

答えに詰まる。

「筍の水煮なんて、あったかしら」

「だいたい、なんで俺がこんなことを。お前の兄貴はどうした？」

緊張して、思わず目が天井に向いてしまう。

「おい！」

まずい、バレた。貞友さんはさくらを突き飛ばし、キッチンを出て行く。さくらは慌ててそのあとを追う。貞友さんはすでにリビングを出て、廊下に並ぶ顔ハメ看板にぶつかりながら、走っていた。目指す先が、階段であることをさくらはわかっていた。

大砲の玉のような勢いで階段を登っていく貞友さん。さくらも追う。

二階の廊下には、顔ハメ看板は一枚も置かれていなかった。登りきって右側に貞友さんは走っていく。そちらには、ドアはつきあたりにひとつしかない。貞友さんはそのドアを開けて飛び込んだ。

「おいっ、お前」

「うわっ！」

ユリオの声が聞こえる。さくらもその部屋へ飛び込む。

ユリオは、ベッドの上に倒れていた。貞友さんが睨み下ろしている。その背中には、怒りとともに焦りが浮かんでいるように見えた。

「ど、どうしたんですか……？」

なんとなくついてきていた立花さんが言った。

「雨漏りです」

ユリオはベッドに横たわったまま、天井を指差す。さくらもようやく気づいた。天井の一部にシミができて、そこからぽたぽたと雫《しずく》が落ちている。雫はフローリングの床にぴたぴたと落ち、水たまりを形作っていた。

「貞友さんが寝ていたのはこの部屋ですよね。どうしてバケツなり洗面器なりを持ってきて、雨を受けてないんですか？　これじゃあ、フローリングが台無しになってしまう」

「うるさい」

「それに、大阪から来たにしては荷物が見当たらないけれど」

「お前」

「ああ、やっと見つけました、貞友さんの靴」

ユリオは部屋の隅を指差す。そこには、男物のスニーカーが一組、無造作に転がっていた。

……そういえば、玄関の土間に、貞友さんの靴はなかった。どうして今まで気づかなかったのだろう。

「うるさいって言ってるんだ！」

ユリオの胸ぐらをつかんで引き立たせる貞友さん。

「何の騒ぎだ！」

入ってきたのは、仲見川刑事と草野刑事だった。とっさに貞友さんは、ユリオを放した。

「なんでこんなところに集まってるんですか」

少し声を落ち着かせ、仲見川刑事が訊ねる。

「大王の、死因はわかりましたか？」

ユリオは質問には全く答えず、質問で返した。

「心臓発作だ」

「えっ？」

思わず訊き返してしまう。立花さんも、貞友さんも、しゃっくりが止まりそうな顔をしている。

「毒殺じゃないの？」

「毒殺なんかじゃないですよ、ええ」

廊下から顔をのぞかせたのは、大高先生。彼も、騒ぎを聞きつけて登ってきたようだった。

「私は年がら年中、温泉で心臓発作で亡くなった方のご遺体を見ています。階下のご主人は、疑いなく、心臓発作ですな。もともと心臓がお強くなかったのでしょう」

「そうだ」

貞友さんが同意した。

「親父は心臓が強くなかった。俺はずっと、病死だと思っていたんだ。それをこのリサイクル屋が余計なことを言い出したから。さあ、事件性がないことがわかったんだから、全員解散だ」

すると、ユリオが笑いだした。おかしくてたまらないというような笑い声だ。

「なんだお前、とっとと帰れ」

「いいえ帰りません。これからが本番だ」

「なんだと？」

ユリオは貞友さんの顔を指さした。

「顔ハメ看板の裏から、出てきてもらわなきゃ」

……いったい、どういうことだろう？

「草野さん、そのクローゼットの中を見てください。きっと、屋根裏への入口があるはずです。人為的に作られた雨漏りの穴が見つかりますよ」

7

さくらたちは、ダイニングテーブルについていた。すっかり冷めているステーキを美味しそうに頰張るユリオ。その右隣からさくら、立花さん、大高先生の順で座っている。

正面にいるのは、仲見川刑事と、草野刑事。あいだに挟まれているのは貞友さん——と、呼ばれていた人だ。

「深町さん、そろそろ説明してもらおうか」

仲見川刑事がじれったそうに口を開く。

「なぜ君は、この男が貞友ではないと見破ることができたのか」

ふっ、とユリオは笑った。

「俺はなぜ、みんなが貞友さんだと信じていたかのほうが不思議ですけれどね」

貞友さん、もとい、悪徳リフォーム業者、藤倉和夫《ふじくらかずお》は忌々《いまいま》しげに舌打ちをした。

「免許を持っていないというのは嘘ですね。革のパンツのポケットが盛り上がっているでしょう。鍵ですよ。その大きさから一本じゃない、車の鍵があるはずです。ということはおそらく、バスで来たというのも嘘」

「だからどうした？」

「仲見川さん、駐車場に停めてある、ワゴン車とセダン車は調べました？」

藤倉を無視するように、ユリオは仲見川刑事に訊ねた。

「いや。そもそも我々は、殺人事件であることを疑っていたからな。それが確定する前に余計なことを調べるのはよくないと思ってな……」

「調べるより前に、ちょっと注意を払うだけでわかりますよ。ワゴン車もセダン車も相模ナンバー。大阪から来た人が乗っているには不自然な車です。問い詰めて免許証を提示してもらえば、この人が偽者だと、すぐにわかったはずなのにね」

仲見川刑事は返す言葉もなかった。

ユリオは藤倉の顔を眺める。そして、次の言葉を口にした。

「下の工事中の看板も、あなたですよね」

藤倉は答えない。

「ワゴン車の中の荷物、片方によせてあった。看板が入るちょうどいいスペースです。あの工事中の看板は、あなたの〝商売道具〟なんですね」

「どういうことですか」

草野刑事が首をひねる。さくらもまったくわからない。

「それでは、事件のあらましを話しましょう」

ユリオは立ち上がり、桃太郎の顔ハメ看板に手を乗せると、語りだした。

「事件の発端は昨日の夜。顔ハメ派大王は俺と電話したあと、コレクション部屋に鍵をかけ、芋焼酎を持ち込んで飲んでいた。そこで心臓発作が起こり、亡くなってしまった。完全な病死です。ね」

大高先生が「ええ」と相槌《あいづち》を打つ。

「そんなことを知らない貞友さん……じゃなかった、藤倉さんは今日の午後、下の駐車場までやってきた。ここに古びた別荘があることは前から知っていて、雨漏りを仕掛けようとね」

藤倉は、ユリオの呼び掛けには答えず、ふんと鼻を鳴らしただけだ。

「インターホンを鳴らしても返事がない。扉に鍵もかかっている。留守だと踏んだあなたは、一度下の駐車スペースまで降りて砂利道の入口に偽の工事看板を立てたんだ」

「何のために？」

草野刑事が訊ねる。

「誰かが別荘へやってきて作業の邪魔をしないようにですよ。きっとそれがあなたの常套手段だったんですね」

商売道具っていうのは、そういう意味だったのか。

「あなたはポストにチラシを挟み、持ち前の技術で玄関の鍵をこじ開けて侵入した。このとき、大王の靴が出ていれば在宅だとわかったかもしれないんですが、大王、靴を靴箱にしまっていたんですね」

「Tokyo shoe shine boy」の顔ハメ看板だ。あれが靴箱だとはなかなか気づかない。そういえば藤倉さん、「それ、靴箱だったのか……」と言っていたっけ。

「いよいよ留守だと思った藤倉さんは迷わず二階へ上がり、めぼしい部屋を見つけて作業にかかった。作業終了後、すぐにでもこの屋敷を出ようと思った。ところがここで思わぬアクシデントが起きます。立花さんがやってきたことです」

全員の目が立花さんに注がれた。

「藤倉さんは仕事柄、屋根裏や、屋根に上がることがある。そのため靴は玄関に置かず持って屋敷内に入っていたんです。だから、立花さんは藤倉さんがいることに気づかなかった。階下で動き回る立花さんの気配に、藤倉さんは気が気ではなかったでしょう。せっかく工事中の看板を立てておいたのに、なぜやってきたのか。ひょっとしたら住人か。ワゴンを不審がって通報しないだろうか。……俺ならすぐに逃げちゃうと思うんだけど、藤倉さん、あなたはどうして隙を見てすぐ逃げなかったんですか？」

「………」

「やっぱり、雨が降ってきたから？」

「……なんでも、わかってるんだな」

もうどうにでもしてくれというように、藤倉はつぶやいた。

「どういうことだ」

「雨漏りですよ、仲見川さん」

ユリオが答える。

「彼は、自分が空けた屋根の穴が、しっかり雨漏りを起こしてくれるかどうか見届けようと思ったんだ」

「これでも職人気質でね」

藤倉は自嘲気味に笑う。

「なかなか水が漏ってこなくてな。心配で、もう一度屋根裏に上って確認したんだ」

「それで時間がかかってたんですね」

ユリオは納得したようにうなずく。

「その間に、我々が到着してしまったというわけです。ちゃんと雨漏りもはじまったし、いい加減に逃げようとタイミングをうかがっていたあなたの姿を、うちの妹が見かけてしまった。もう逃げられないと思ったあなただったが、俺たちが雰囲気的にこの屋敷の住人ではないことを悟って、最後の賭けに出た。堂々と階段を降りていけば、客人として逃げられるかもしれない。すると、目が合った俺に、いきなり『貞友さんですか？』と訊かれたんで、貞友さんが誰かも知らないまま乗っかることにしたんだ。このときの藤倉さんの心境を察すると、悪いですけれど可笑《おか》しくなる。まさに、裏しか見ていない顔ハメ看板から顔を出した人間の心境だ」

表側に立っている人からはわかるのに、本人だけ自分がどんな姿に見えているのかわからない。……たしかに、藤倉はそんな状況にあったわけだ。

「確認するが、深町さん」

仲見川刑事が口を開いた。

「あんたはそのときから、こいつが貞友さんじゃないことに気づいていたんだよな」

「ええ。ですが、見た感じ怖そうだし、強そうだし、暴れられたら手が付けられないと思ったんで、いわば俺のほうから顔ハメ看板を差し出したわけです。するとまんまと、顔をハメてくれたってわけで……」

全然知らなかった。さくらはため息をつきそうになる。

「しかしこのまま逃がすわけにはいかない。大王に突き合わせれば貞友さんじゃないってことはわかる。そうすればさすがに観念するだろうと思い、立花さんの持ってきた鍵でコレクション部屋に入ったんですが……」

「本人は死んでいたというわけか」

「ええ。ショックでした。病死なのは俺から見ても明らかでした。そして同時に俺は大王に言われている気がした。『侵入者の正体を暴いて警察に突き出してほしい』と」

「病死で通報すればよかっただろう。それでも警察は動く」

「殺人事件にしといたほうが、より速やかに動いてくれると思ったんです」

ユリオは悪びれずにそう言った。

「それにこの人を現場から逃がしてはいけないと思ったので。もし病死だったら、医者を連れてくるとかなんとかで逃げ出されてしまうかもしれないけれど、殺人事件となれば立ち去るわけにはいきませんからね」

「アーモンド臭っていうのも、嘘だったのか」

藤倉が忌々しげに言う。

「いや、アーモンド臭は本当にしてましたよ。ただ、俺の勘違いだったみたいで」

エプロンのポケットから、何かを取り出してテーブルの上に置くユリオ。それは、この別荘へくる間のサービスエリアで買ったミックスナッツの袋だった。

「直前までこれを食べてたからでしょうね。そういや、カシューナッツ臭やマカダミアナッツ臭も漂《ただよ》っていたし」

ぺろりと舌でも出しそうなユリオ。藤倉の顔に怒りが浮かぶのが、さくらにはわかった。

「我々が到着してすぐにこいつを告発しなかったのはどうしてだ？　大阪の本物の貞友さんに連絡がつけば、こいつが偽者だというのはすぐにわかったろう」

「彼の正体を知って、悪い侵入者だという確信がほしかったもので。しかしまさか悪徳リフォーム業者とは思いませんでしたよ。あのチラシは完全に見落としてた。大高先生が持ってきてくれなかったら、わかんなかった」

ユリオに名を呼ばれ、大高先生は恥ずかしそうに身をちぢめた。

「やっぱり俺、詰めが甘いんだよなあ」

ユリオは、頭の後ろに手をやって、天井を仰いだ。

「いずれにせよ、これで一件落着ですね」

草野刑事がまとめるように言う。ようやく、緊張感が和《やわ》らいだ。

「あの」

小さな声の主は、立花さんだった。

「私、もう帰ってもいいでしょうか。主人が家で待っていますので」

「ええ、送らせますよ、どうぞ」

仲見川刑事が顔を緩める。立花さんもとんだ災難だった……さくらがそう思ったそのとき、

「下のセダン車を置いて帰るんですか、立花さん」

場が再び、不思議な雰囲気に包まれた。

「二台ある車のうち、どうしてワゴン車のほうが藤倉さんの車だと俺が判断したか気になりま

せんか？　セダン車があなたの車だという確信が先にあったからですよ」

　そういえば、ユリオは初めて立花さんに会ったとき、そんなことを言っていた。

「立花さん。いや、別の名前かな。言ったでしょう。侵入者の正体を暴けと、大王に言われている気がしたって。侵入者は藤倉さんだけじゃない」

「何を言っているのか」

　手首のアクセサリー、オヤレースですね。トルコの民芸品の」

　ユリオの指摘に、立花さんは思わずといったように右手で左手首を触った。

「セダン車のバックミラーにはナザールボンジュウがついていました。これはトルコの魔よけの飾りです」

「どういうことだ、深町さん」

　立花さんのこわばった顔を見て、仲見川刑事が訊ねた。

「まったく、意味がわからん」

　そんな刑事に、ユリオはにこやかに笑ってみせた。

「セダン車のトランクを調べてみてください。盗難に遭ったヘレケ絨毯が見つかると思いますよ」

＊

場所はまだ、顔ハメ看板の並ぶリビングだ。

ユリオの言ったとおり、下の駐車場に停めてあった白のセダン車のトランクから、盗難届けのあった絨毯が見つかった。立花さんは白《しら》を切っていたけれど、鑑識が車内の指紋を採っているので照合させてほしいと言われると、言い逃れができないと思ったのか、白状した。

彼女は、小田原《おだわら》署管轄内の別荘を荒らしまわっている泥棒だったのだ。

リビングにはさくら、ユリオ、立花と呼ばれていた女性の他に、二人の刑事と、何となく残ってしまった藤倉、そして大高先生がいる。

「いつから、わかってたの？」

立花さんと呼ばれていた女性はぽつりとユリオに訊いた。本当の名前は何というのかわからない。

「初めにおや、と思ったのは、俺たちが屋敷に入って、あなたがキッチンから出てきたときです」

ユリオは何の不思議もないというように言った。初めて出会った瞬間だ。さくらもあのときの彼女の様子を思い出すけれど、ただの家政婦さんにしか見えなかった。しいてあげれば、水玉の靴下が洒落《しゃれ》ていると思ったことくらいだ。

「立花さん……じゃないのか、本当の名前、何て言うんです？」

彼女は少し考えていたが、

「怪盗ソフィア」

ぶっきらぼうにそう言い放った。ユリオは楽しそうにぱちんと手を叩く。

「素敵な名前ですね。怪盗ソフィアさん、エプロンをつけて家政婦さんになりきったはいいけれど、スリッパ履いてなかったでしょ？」

「あ」

さくらは思わず声を出した。

靴下が見えていたということは、スリッパを履いていなかったということだ。

「家政婦さんがスリッパを履いていないのはおかしいなと思ったんだけど、まあ、そういう家政婦さんもいるかなと思って一度はスルーしたってわけです」

「なるほどね」

「次におかしいなと思ったのは、やっぱり、車の件ですかね。バックミラーにナザールボンジュウがついている車を見た直後に、左手首にオヤレースをつけた女性に出会ったら、ほとんどの人が車の持ち主はその女性だと思うでしょ？」

ユリオの〝ほとんどの人〟の基準はおかしい。誰ももうそれには突っ込まなかった。

「ところがソフィアさんはあの車は自分のではないという。なんで嘘をつくのか、何かやましいことがあるんじゃないかと、そう思いました」

「正直に私の車だって言えばよかったわね」

「きわめつけは、コレクション部屋のスペアキーのありかを貴方《あなた》が知っていたことです」

「家政婦なんだから、知っていて当然でしょう？」

ユリオは首を横に振った。

「雇ったばかりの家政婦さんに、あの用心深い大王がスペアキーのありかを教えるのかどうか気になったんですよ。俺、あとで訊いたでしょ、鍵はどこにあったのかって。絵の裏に鍵が隠してあることを知っているのは、新しい家政婦じゃないと思いましたよ。この人何らかの事情でキッチンをあれこれ物色していたんじゃないか。そう思いました」

ソフィアは肩をすくめた。

「雨が降る直前にこの別荘に忍び込んだあなたは、キッチンをいろいろ探っていたんでしょう。ところがいざ仕事をしていると外は豪雨になり、さらにインターホンが鳴った。慌てて逃げようとしたが、勝手口からは出られない。ラ・トゥール・ダルジャンの鴨焼きシェフが邪魔していたからです」

勝手口を塞いでいた顔ハメ看板のことだ。

「そうこうしているうちに、玄関のほうで気配がした。あなたは意を決し、そこにあったエプロンを着けて出てきたんですね。すると、俺が訊いた。『立花さんですか……?』って」

「あなたの表現を借りれば、私はその顔ハメ看板から顔を出したのよ」

ソフィアさんが続けると、ユリオは嬉しそうにうなずいた。

「上から藤倉さんが降りてきたとき、びっくりしたでしょう?」

「ええ、そりゃもう。まず、私の仕事中に上に人がいたことに。それに、この家の人だったら家政婦じゃないことがバレちゃうもの」

しかし話を聞いていると、どうも久しぶりに父親に会う息子だという。それで話を合わせるために「子どもの頃の写真を見たことがある」と言ったのだ。

「するとなぜかこの人、私の顔を写真で送られただなんて言い出すんだもの。いったいどうしちゃったんだろうと思ったけど、乗っかることにしたの」

藤倉はこれを聞いて、ふん、と鼻を鳴らした。

「しかしそれにより、お互いがお互いの身元を証明することで、あなた方は仲見川さんたちの目を欺《あざむ》くことに成功した」

ユリオが続ける。仲見川さんは口を歪めながら何か言いたげだったが、黙っていた。

「いわばあなた方は、お互いの顔ハメ看板の効果を高めあったんですよ」

でも、そもそもユリオは疑っていたんだから、その時点で仲見川さんに言えば……、というのはさっきと同じ話だ。ユリオは「悪い侵入者かどうかの確証を得るため」と言ったけれど、それだけじゃないはずだとさくらは感じた。

「あんた、ずーっと、面白がってたんでしょ」

ソフィアさんも同じようなことを考えていたようで、ユリオを睨みつけた。

「いいや、真剣でしたよ」

「嘘よ。私に料理まで作らせて」

そうか。ソフィアさんのことを疑っていたユリオは、わざと料理を作らせてみたのだ。家政婦さんの顔ハメ看板から顔を出しているソフィアさんは、断るわけにはいかなかった。

「うちの妹、役に立ちました？」

「ええ、とっても」

さくらは場違いにも、嬉しくなった。

「ひとつ、とんでもないことをしてくれたけれどね」

「えっ？　なんですか？」

「これだよ」

ユリオが笑いながら、テーブルの上を指さした。さくらがサラダを取り分ける用に持っていった、緻密《ちみつ》な花柄模様の小皿だ。

さくらは目を見張った。ふふ、と、ソフィアさんは笑い出す。

「キュタフヤ焼きって言って、トルコの高級焼き物よ。キッチンで見つけて喜んでいたらインターホンが鳴って。あんたたちを追っ払ったあとで持って帰るために出しやすいところに置いておいたの。まさかこれを取り皿にするなんて思わないでしょ」

さくらは、彼女がなぜ突然口数が少なくなったのか、ようやくわかった。

「俺はこれを見て、ずいぶんトルコ関連のものが出てくるなと思っていたんですよ。そうしたら仲見川さんが、近所でヘレケ絨毯が盗まれたって。ねえ、こりゃ、トルコ趣味の泥棒がいるなって」

ユリオの明るい顔に反して、仲見川刑事は渋い顔をしていた。

「ナザールボンジュウのついた車に、オヤレースを装着した女性が現れて、その女性がキッチンの持ち出しやすいところにキュタフヤ焼きを置いていたとしたら、これはもう、誰がヘレケ絨毯を盗んで、それがどこに置いてあるかなんて、小学生でもわかるでしょう？」

「少なくとも、トルコの小学生ならね」

観念したソフィアさんの声は、忌々しげというより、楽しそうだった。

「まったく、こんな事件は初めてだ」

仲見川刑事が信じられないというように頭を振った。

主が密室の中で死んでいる別荘に、留守だと思って二人の侵入者が時間差で入ってきた。そこに本当の客人が現れ、侵入者は二人とも別人を演じた……。顔ハメ看板だらけのこの屋敷にふさわしいといえばふさわしいけれど、やっぱりこんな不可解な事件、そうないだろう。

ふう、とユリオが息を吐く。

「これで、すべての顔ハメ看板は取り除かれたわけです。藤倉さんが顔を出していた貞友さんの看板、ソフィアさんが顔を出していた家政婦・立花の看板、そして我々四人が顔を出していた、〝顔ハメ看板殺人事件の関係者〟の看板……。大王に浅草の看板を見せることはできなかったけど、弔《とむら》いはできたと信じましょう」

「もう行くぞ」

仲見川刑事がたくさんだとでも言いたげに、ソファアさんを立たせる。草野刑事がそれに続いて、藤倉を立たせる。

「ちょっと待った」

キッチンを出ていこうとする彼らを、ユリオは引き止めた。

「藤倉さん、ソフィアさん。それに仲見川さんと草野さんも。せっかくだから、写真、撮りませんか？」

二人の侵入者と、二人の刑事は不思議そうにユリオの顔を見た。ユリオは、桃太郎の、六人用の顔ハメ看板を指差していた。

「ここは、関東随一の顔ハメ看板コレクター、顔ハメ派大王の屋敷です。この屋敷で、顔ハメ看板から顔を出した記念に、ね」

そして彼は、くるりとさくらのほうを振り返った。

「さくら、スマホ出せよ」

……まあいいか。

「私が撮りましょう」

スマホを出すと、大高先生がにこやかに笑いながら、手を出した。

——そんなわけでさくらのスマホには、世にも珍しい六人用の顔ハメ看板の画像が残っている。ユリオが桃太郎で自分が猿だというのは癪《しゃく》に障るけれど、二つの鬼の穴から顔を出した悪徳リフォーム業者と別荘泥棒の顔がどこか吹っ切れたように写っていて、なかなか気に入っている。

あとがきをほしがる読者たちへ

ＡＸＮミステリーチャンネルに、『リブラリアンの書架』という番組がある。講談社ビル二十六階の見晴らしのいい部屋を収録現場とし、講談社の近刊（主にミステリー）の著者を呼び、インタビュアーが作品について聞いていくという番組である。一回の放送は十五分で、二人の作家が立て続けに出演するという体裁だ。僕が初めてこの番組の出演依頼を受けたのは、二〇一一年か二〇一二年のこと、『浜村渚《はまむらなぎさ》の計算ノート』の何冊目かが文庫から出版されるときだったと思う。

元来、少し目立ちたがり屋なところのある僕は「やった、テレビ出演だ」とはしゃいだが、当時はチャンネルサービスに加入しておらず、番組を見ることができない状況にあった。収録前に参考として今までの番組を見たいんですけど、と問い合わせると公式サイトでバックナンバーを見ることができるとのこと。早速見てみると、麻耶雄嵩《まやゆたか》さんが出演されていた。

その放送で、メルカトル鮎《あゆ》について語っていた麻耶さんが「普通の名探偵はこんなことは言わないんですよ」というような発言をされた。僕はこの「普通の名探偵」という表現に少なからず衝撃を受けた。――「名探偵」である時点で「普通」じゃないんじゃないかと思ったからである。

それまでの僕は、探偵小説に出てくる探偵は「名探偵＝普通ではない探偵」と考えていた。探偵というのは、巷《ちまた》にいう興信所に勤める職員、すなわち、浮気調査や行方不明者の捜索などをする人たちのこと。名探偵とは、アリバイを崩し、密室の秘密を暴き、わらべ歌殺人の犯人を捕まえる人たちのこと。……こういう違いだと、漠然と思っていたのである。

麻耶さんの「普通の名探偵」という表現には、「普通でなければ即名探偵たりえるとは限らない」という意味が込められている。少なくとも僕はそう感じた。いずれ名探偵を主人公とする作品を作ろうとするならば、「名探偵」という言葉の定義を自分なりに持っていなければならない。案外真面目なところのある僕はそれから数日、「名探偵」とは何者かについての解釈を探し始めたのである。推理が明晰《めいせき》であること。論理的であること。スター性があること。

……どれも、しっくりこなかった。

不意に答えらしきものを見つけたのは数日後、ファストフードを食べながらぼんやりしていたときのことだ。「探偵」「名探偵」と対比のニュアンスが近いんじゃないかと思えるペアを発見したのだ。――「作戦」と「大作戦」である。

たとえば、日露戦争の日本海海戦で日本海軍を勝利に導いた、東郷平八郎《とうごうへいはちろう》の「丁字作戦」。これが「丁字大作戦」だったらどうだろう。とたんに乗組員たちの腰が抜け、バルチック艦隊の巻き起こす大波に木の葉のように呑まれてしまう気がする。

たとえば、悪ガキたちがいけすかない数学の教師の頭に黒板消しを落としてやろうという

「黒板消しチキチキ大作戦」。これが単に「黒板消し作戦」だったらどうだろう。急に可愛げがなくなり、げんこつを落とす気もなくしてしまうというものである（可愛げの部分は「チキチキ」にだいぶ助けられているのでは？　という疑問は受け付けない）。

つまり、「作戦」に比べて「大作戦」は、成功するかどうかという気持ちに、鬼気迫る緊迫感より、わくわく感が伴うものだということである。

「探偵」に比べ、「名探偵」には遊び心がある。現場の状況も、扱われるトリックも、協力する助手も、怪しげな登場人物も、対決する犯人も、すべてをわくわくさせるものに満ちている事件。——そういう事件に出会い、時にはピンチに直面し、時には悩みながらも、飄々《ひょうひょう》と謎の中を泳ぐように真相を突き止めていく。これが「名探偵」ではないだろうか。

こうして僕の中に綿あめのようにぼんやりと膨らんできた「名探偵」の定義というかイメージだが、それが深町百合夫《ふかまちゆりお》という人物に生まれ変わるまでには、もうひとつのきっかけがあった。奇《く》しくもまた、地上波ではないチャンネルサービスが絡んでくる。

二〇一三年にテレビを買い替えたのをきっかけにひかりTVに加入した僕は晴れて、AXNミステリーチャンネルを見ることができるようになった。ポワロやホームズ、ブラウン神父にジェシカおばさん、はては刑事コロンボ全話一挙放送など、四六時中ミステリーを放送しているその徹底ぶりに驚いたが、他のチャンネルにも大いに惹《ひ》かれるものがあった。

その中の一つ、ヒストリーチャンネルに、『眠ったお宝探し隊　アメリカン・ピッカーズ』

という番組がある。マイクとフランクという二人の中年男性が、大きなバンに乗ってアメリカ中を旅しつつ、様々なモノをコレクションしている家にアポなしで訪れては「何か売ってくれませんか」と切り出し、時には値切り、時には「これにはあなたの言い値以上の価値がある」とわざわざ値段を上げ、モノを買って回るのだ。彼らはそれを自分たちの店に持ち帰り、時に修繕して別のコレクターに売る。公式サイトでは「ハンター骨董品店《こっとう》」と紹介されているが、これがつまり「ピッカーズ（Pickers）」という仕事なのだ。

番組で扱われる品物は実に多彩だ。古い映画のポスター、アメコミの雑誌、農具、道路標識、ガソリンスタンドの看板、誰かもわからない家族写真、バイクのパーツ、ブリキの玩具《おもちゃ》、足軽の鎧などなど……アメリカは日本と違って家が広く、その広大な家屋にガラクタがゴミ屋敷のように積まれていることもある。そんな中を「宝の山だ！」と、汗だくになりながらめぼしいものを探していくマイクとフランクの姿はまさに遊び心の塊《かたまり》。二人の楽しそうな姿が、僕の中の「名探偵」のイメージと重なったのはいうまでもない。

ちょうどそのとき、東京創元社のI女史と「何かシリーズものをやりましょう」と話していたので、すぐに企画書とプロットめいたものを書いて送ると「面白そうですね」との返事があった。僕はすぐに真剣に取り組み始めた。

とはいえ、日本とアメリカではコレクターの事情も違いすぎる。あちこち出歩いて、値切りながらモノを買っていくという点と、あらゆるモノにまつわる知識を持ち、好奇心旺盛《おうせい》という点は設定として残した。店は店舗型ではなく通信販売。番組ではコレクターが住んでいるようなガラクタ屋敷を1LDKのマンションに移し、探偵本人が住んでいることにした。半分以上趣味でやっているようなので、食べていけるようにフリーライターという仕事を与えた。

こうして生まれたのがほしがり探偵ユリオである（あれだけ「名探偵」という言葉にこだわったのに、発音のリズム重視で「探偵」を採用してしまった）。相棒は、同業者ではなくどちらかというとユリオのほしがりに対し「いい加減にすれば」と思っている六つ下の妹、さくら。移動はバンではなく軽トラ（しかも自分で運転しない）。珍しいモノを見ると興奮してうんちくを披露《ひろう》するその姿は「名探偵」と呼ぶにふさわしく、モノを手に入れるために偶然出会った事件に飄々と向かっていくその行為は「大作戦」と呼ぶにふさわしい。

「ミステリーズ！」に連載中は一回一回の原稿を仕上げるのに必死で見えなかった部分もあるが、こうして一冊にまとまって通して読んでみると、ユリオとさくらはなかなか楽しそうにやっている。まだまだユリオに扱わせたいモノがたくさんあるので、シリーズは続くと思う。ぜひまたお手に取って、二人につきあっていただけると幸いである。

二〇一七年二月　青柳碧人

〈初出一覧〉

「誰のゾンビ?」　〈ミステリーズ!〉vol. 71　二〇一五年六月
「デメニギスは見ていた」　〈ミステリーズ!〉vol. 73　二〇一五年十月
「ウサギの天使が呼んでいる」　〈ミステリーズ!〉vol. 75　二〇一六年二月
「琥珀の心臓《ハート》を盗《と》ったのは」　〈ミステリーズ!〉vol. 77　二〇一六年六月
「顔ハメ看板の夕べ」　〈ミステリーズ!〉vol. 79　二〇一六年十月

検　印
廃　止

著者紹介　1980年千葉県生まれ。早稲田大学卒。2009年『浜村渚の計算ノート』が第3回「講談社Birth」小説部門を受賞してデビュー。主な著書に〈ヘンたて〉シリーズ，〈朧月市役所妖怪課〉シリーズ，〈ブタカン！〉シリーズ，『玩具都市弁《トイ・シティ・ロイヤ》護士《ーズ》』などがある。

ウサギの天使が呼んでいる
ほしがり探偵ユリオ

2017年5月26日　初版
2023年4月14日　再版

著　者　青《あお》　柳《やぎ》　碧《あい》　人《と》

発行所　（株）東京創元社
代表者　渋谷健太郎

162-0814／東京都新宿区新小川町1-5
電　話　03・3268・8231-営業部
　　　　03・3268・8204-編集部
URL　http://www.tsogen.co.jp
振　替　00160—9—1565
モリモト印刷・本間製本

乱丁・落丁本は，ご面倒ですが小社までご送付ください。送料小社負担にてお取替えいたします。

ISBN978-4-488-47611-3　C0193

京堂家の食卓を彩る料理と推理

LE CRIME A LA CARTE, C'EST NOTRE AFFAIRE

ミステリなふたり ア・ラ・カルト

太田忠司

創元推理文庫

◆

京堂景子は、絶対零度の視線と容赦ない舌鋒の鋭さで“氷の女王”と恐れられる県警捜査一課の刑事。日々難事件を追う彼女が気を許せるのは、わが家で帰りを待つ夫の新太郎ただひとり。彼の振る舞う料理とお酒で一日の疲れもすっかり癒された頃、景子が事件の話をすると、今度は新太郎が推理に腕をふるう。旦那さまお手製の美味しい料理と名推理が食卓を鮮やかに彩る連作ミステリ。

収録作品＝密室殺人プロヴァンス風，シェフの気まぐれ殺人，連続殺人の童謡仕立て，偽装殺人　針と糸のトリックを添えて，眠れる殺人　少し辛い人生のソースと共に，不完全なバラバラ殺人にバニラの香りをまとわせて，ふたつの思惑をメランジェした誘拐殺人，殺意の古漬け　夫婦の機微を添えて，男と女のキャラメリゼ

四人の少女たちと講座と謎解き

SUNDAY QUARTET◆Van Madoy

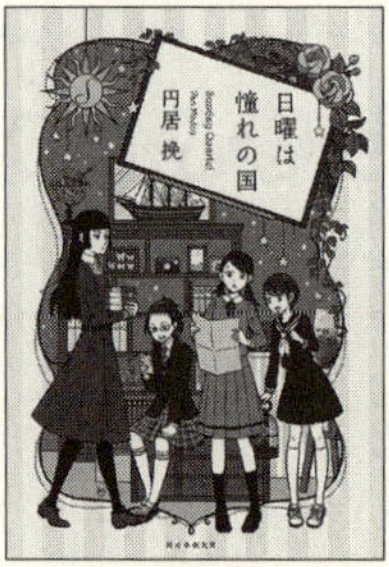

日曜は憧れの国

円居 挽

創元推理文庫

◆

内気な中学二年生・千鶴は、母親の言いつけで四谷のカルチャーセンターの講座を受けることになる。退屈な日常が変わることを期待して料理教室に向かうと、明るく子供っぽい桃、ちゃっかりして現金な真紀、堅物な優等生の公子と出会う。四人は偶然にも同じ班となり、性格の違いからぎくしゃくしつつも、調理を進めていく。ところが、教室内で盗難事件が発生。顚末に納得がいかなかった四人は、真相を推理することに。性格も学校もばらばらな少女たちが、カルチャーセンターで遭遇する様々な事件の謎に挑む。気鋭の著者が贈る、校外活動青春ミステリ。

収録作品＝レフトオーバーズ，一歩千金二歩厳禁，維新伝心，幾度《いくたび》もリグレット，いきなりは描《えが》けない